Lew N. Tolstoi · Wassily Kandinsky

Wer das Leben liebt, der liebt auch Gott

Lew N. Tolstoi · Wassily Kandinsky

Wer das Leben liebt, der liebt auch Gott

Erzählungen

Aus dem Russischen
von Raphael Löwenfeld

Präsenz

Die Texte wurden von Ulrich Mattejiet zusammengestellt.

Bibliografische Information der Deutschen Bibliothek

Die Deutsche Bibliothek verzeichnet diese Publikation in der Deutschen Nationalbibliografie; detaillierte bibliografische Daten sind im Internet über http://dnb.ddb.de abrufbar.

Umschlagmotiv: Wassily Kandinsky
Umschlaggestaltung: Martina Heuer
Druck: CPI books GmbH, Ulm

ISBN: 978-3-87630-093-1

www.praesenz-kunst-und-buch.de

Inhalt

Vorwort

Wieviel Erde braucht der Mensch? Auf diese provozierende Frage spitzt sich jene gleichnamige große Erzählung zu, die einen Schlüssel zur Gedankenwelt des reifen Tolstoi bietet. Kein geringerer als Franz Werfel hat diese, sich mit elementarer Wucht entfaltende Parabel gleichsam in den Rang eines biblischen Gleichnisses erhoben.

Es ist die Geschichte des tüchtigen und findigen Bauern Pachom, der durch geschickte Landkäufe und -verkäufe und damit verbundene häufige Ortswechsel von einem kleinen Pachtbauern zum reichen Großbauern aufsteigt – eine Karriere, die in Rußland erst nach der Aufhebung der Leibeigenschaft möglich war, als die russische Erde im großen Stil zum Objekt kapitalistischer Spekulation wurde. Pachoms Motiv für sein Streben nach sozialem Aufstieg liegt nicht so sehr in dem Wunsch, seiner Familie und sich selbst bessere Lebensbedingungen zu verschaffen, sondern in einem bohrenden Gefühl eines Neides und eines Zukurzgekommenseins. Er findet, dass es für ihn überall „zu eng" sei, und er entledigt sich aller sozialen und familiären Bindungen, um sein vermeintliches Glück zu erreichen. Doch je mehr Besitz er anhäuft, um so unzufriedener wird er. Ein Entwurzelter, der am Ende der Eigendynamik seiner Profitgier erliegt. In seinem maßlosen Streben nach „Erde" läßt er sich auf einen wahnwitzigen Wettlauf mit der Sonne ein, einen Wettlauf, den er nur verlieren kann. Die Erde, die er gewinnt, ist schließlich nur diejenige des Grabes.

Wie nebenbei erfährt der Leser in dieser spannungsgeladenen Erzählung von der Weite der russische Steppe, die sich dem „Vermessen" durch den habgierigen Bauern entzieht. In dieser unendlichen Steppe lebt auch das urtümliche Nomadenvolk der

Baschkiren, das ganz anderen Wertmaßstäben als Pachom folgt. Für sie zählt der Einzelne und sein Besitz nicht; für das Besitzstreben des Russen haben die Baschkiren nur Lachen übrig. Auch in der kurzen Erzählung „Eine Steppendistel", die am Beginn des großen Kaukasusromans „Chadschi Murat" steht, warnt der Dichter vor dem respektlosen Umgang mit der Natur, die in ihrer Wildheit unbezähmbar bleibt.

Die Welt des russischen Landlebens am Rande der großen Steppe war prägend für Tolstoi, wie noch der Bericht Rainer Maria Rilkes über seine Begegnung mit dem alten Schriftsteller zeigt. Er besuchte den Grafen im Jahre 1900 auf Jasnaja Poljana, dem Familiengut, auf dem Tolstoi am 9. September 1828 zur Welt gekommen war. Der Dichter stammte aus einer alten und angesehenen Adelsfamilie, die eine Reihe einflussreicher Politiker wie auch begabter Künstler und Schriftsteller hervorgebracht hatte. Zu Lew Tolstois Vorfahren zählte etwa Graf Pjotr Alexandrejewitsch Tolstoi (1646–1729), der Zar Peter dem Großen als politischer Helfer und gewiefter Geheimdiplomat diente. Ein anderer Verwandter des Dichters, Fjodor Iwanowitsch Tolstoi (1782–1846), war dank seiner zahllosen Duelle, Reiseabenteuer, Liebesaffären und einer zügellosen Spielleidenschaft eine prominente Figur in den Moskauer Adelskreisen.

Auch der junge Lew Tolstoi stach von den Verhaltensmustern der leichtlebigen russischen Aristokratie seiner Zeit zunächst nur wenig ab. Als Student und junger Offizier führte er ein turbulentes Leben voll alkoholischer Exzesse und erotischer Eskapaden, die allerdings gelegentlich von Phasen heftiger Schuldgefühle und religiöser Zerknirschung unterbrochen wurden. Von der grausamen Wirklichkeit des Krieges, die er während des Krimkrieges erlebte, blieb er nicht unberührt. So schärfte sich sein Blick für die elenden Lebensbedingungen seiner leibeigenen Bauern. Durch die Gründung einer Schule auf seinem Gutshof wollte er die Lebenschancen der einfachen Landbevölkerung verbessern. Als Schriftsteller errang er mit seinen realistischen Kriegserzählungen erste Erfolge; sein gewaltiges Romanwerk „Krieg und Frieden“ (1869), die monumentale Darstellung der russischen Gesellschaft in der Umbruchszeit der napoleonischen Kriege, markierte den Durchbruch zu literarischem Weltruhm. Bei der Erstellung des Manuskripts dieses Jahrhundertwerks unterstützte ihn seine Frau Sofija Andrejewna, die das gigantische Manuskript nicht weniger als siebenmal abschrieb. Die Tolstaja opferte ihre eigene Schriftstellerkarriere ihrem Mann, dem sie im Laufe einer fast fünfzigjährigen Ehe 13 Kinder gebar.

Tolstoi ließ seinem Meisterwerk „Krieg und Frieden“ einen weiteren großen Gesellschaftsroman folgen, die Ehebruchstragödie „Anna Karenina“ (1878), in die er Szenen der eigenen Ehe verwoben hat. Tolstois Erfolge waren in der Tat von einer Lebens- und Ehekrise überschattet, die sich mit dem wachsenden Unbehagen des Dichters an der sozialen Ungerechtigkeit, wie sie in Russland herrschte, überschnitt. Die verspätete Aufhebung der Leibeigenschaft im Jahre 1861 hatte der breiten Landbevölkerung nicht die erhoffte soziale Besserung gebracht. Vielmehr strömten jetzt Massen von entwurzelten Bauern in die sprunghaft wachsenden Städte und reihten sich ein in das Heer des neuen besitzlosen Industrieproletariats. Das Elend in den Fabrikvierteln der russischen Städte war beispiellos. Tolstoi versuchte es angesichts dieser sozialen Katastrophe wieder mit Reformpolitik und warb unermüdlich für Kooperativen und Selbsthilfeorganisationen, die den bedrohten Bauern ihre Existenz retten sollten.

Der Mensch lebt aber nicht von Brot allein – Tolstoi wandte sich im Lauf seines Lebens mit immer größerer Intensität Fragen der Religion zu. Er suchte den Dialog mit dem Metropoliten von Moskau und trat auf seinen Auslandsreisen mit führenden protestantischen und katholischen Geistlichen in Kontakt.

Das Resultat dieser Begegnungen mit Vertretern der offiziellen Kirchen war für Tolstoi enttäuschend. Eine Kirche, die sich selbst genug war, die hartnäckig die Not der Menschen ignorierte, die den blinden Gehorsam gegenüber jedweder Obrigkeit predigte und vor dem Krieg die Waffen segnete, konnte Tolstois leidenschaftlicher Gottsuche und seinem tiefen Wunsch nach Frieden und Gerechtigkeit nicht genügen. Er begann, ein Christentum jenseits der etablierten Konfessionen zu fordern, einen tätigen Glauben, der konsequent den Geboten der Nächstenliebe folgte, allem Besitz- und Machtstreben eine Absage erteilte und den Krieg bedingungslos ablehnte. Sein Ziel war die Erneuerung des Menschen von innen her und die Hinwendung zu einem einfachen Leben in Einklang mit der Natur und in Eintracht mit dem Nachbarn.

Obwohl Tolstoi im Unterschied zu den russischen Nihilisten und Marxisten einen gewaltsamen Umsturz der Gesellschaft kategorisch verneinte, wurde er von den staatlichen und kirchlichen Autoritäten zunehmend als „Anarchist" und „Gottloser" wahrgenommen. Die Anfeindungen reichten bis zur Exkommunikation durch die russisch-orthodoxe Kirche.

Tolstois Sprachmacht, sein Charisma, seine Unbeugsamkeit ließen ihn für viele Menschen innerhalb und außerhalb Russlands zur moralischen Instanz und zur verehrten Vorbild- und Vaterfigur werden. Die – übrigens gegen seinen Willen gegründete – religiös-pazifistische Dissidentenbewegung der Tolstojaner verbreitete sich mit ihren Landkommunen bis nach Amerika und Israel. Es gab zwar bei manchen Kritik an der radikal religiösen Wendung Tolstois, doch die Zahl der Bewunderer überwog bei weitem. In den letzten Lebensjahren des Dichters wollte die Zahl der Besucher, die den großen alten Mann auf seinem entlegenen Landgut sehen wollten, gar nicht mehr abreißen.

War Lew N. Tolstoi endgültig zur Heiligenikone geworden? Er blieb ein Mensch voller Widersprüche: zum einen Verkünder des neuen Menschen aus dem Geist der Bergpredigt und Anwalt der Entrechteten, zum anderen aber nach wie vor Vertreter der herrschenden Klasse, adliger Gutsherr, Ehemann, Familienvater. Tolstoi, der unbedingt glaubwürdig sein wollte, begann, Teile seines Besitzes zu verschenken, und machte sich daran, das Eigentumsrecht der Familie an Jasnaja Poljana aus der Hand zu geben. Mit diesem Vorhaben stieß er aber auf den erbitterten Widerstand seiner Frau. Angesichts des zermürbenden Ehekriegs fasste der 82jährige den Entschluss, die Familie und das Gut zu verlassen und in die „Einsamkeit“ zu fliehen. Begleitet nur von seiner jüngsten Tochter und seinem engsten Anhänger, bestieg er im November 1910 den Zug in den Süden Russlands. Doch nur wenige Tage hielt der Greis die psychischen Erschütterungen und die Reisestrapazen in eisiger Kälte aus; im Bahnwärterhaus von Astapowo fand der Dichter nach dem Ausbruch einer Lungenentzündung notdürftige Aufnahme. Paparazzi der Weltpresse umlagerten das kleine Bahnhofsgebäude in den Weiten Russlands, in dem das Leben von Lew N. Tolstoi am 20. November 1910 sein Ende fand.

Lew N. Tolstoi zählt zu den bedeutendsten Vertretern der russischen Literatur, aber er ist kein angestaubter, toter Klassiker – seine Bilder aus dem russischen Leben sind nicht nur authentisch und eindrucksvoll erzählt, ihre menschliche Botschaft und die tiefe Gläubigkeit ihres Verfassers machen sie auch nach einem Jahrhundert noch lesenswert.

Ulrich Mattejiet
Januar 2010

Rainer Maria Rilke

Begegnung mit Tolstoi

Wir fuhren zurück bis Jasinki, mieteten dort einen Wagen und jagten mit atemlosen Glocken bis an den Rand des Hügels heran, auf welchem die armen Hütten von Jasnaja stehen, zu einem Dorf zusammengetrieben, aber doch ohne Zusammenhang, wie eine Herde, die traurig auf abgebrauchtem Weideland herumsteht. Gruppen von Weibern und Kindern sind nur rote, sonnige Flecken in dem gleichen Grau, das über Boden, Dächern und Mauern liegt, wie eine sehr üppige Moosart, die seit Jahrhunderten ungestört alles überwächst. Dann senkt sich die kaum erkennbare, ewig unter leeren Plätzen hinfließende Straße, und ihr grauer Streifen gleitet sanft in ein grünes, von Wipfeln schäumendes Tal, in welchem links zwei runde, mit grünen Kuppeln überdeckte Türmchen den Eingang des alten, verwilderten Parkes bezeichnen, in dem verheimlicht das einfache Haus von Jasnaja Poljana liegt. Vor diesem Tore stiegen wir ab und gehen leise, wie Pilger, die stille Waldstraße hinauf, bis das Haus immer weißer und länger hervortritt. Ein Diener bringt unsere Karten hinein. Und in einer Weile sehen wir hinter der Tür, im dämmerigen Vorraum des Hauses, die Gestalt des Grafen. Der älteste Sohn öffnet die Glastür, und wir stehen im Flur dem Grafen gegenüber, dem greisen Manne, zu dem man immer wie ein Sohn kommt, selbst wenn man nicht unter der Gewalt seiner Väterlichkeit bleiben will. Er scheint kleiner geworden, gebeugter, weißer, und wie unabhängig von dem greisen Körper erwartet das schattenlos klare Auge die Fremdlinge und prüft sie mit Absicht und segnet sie unwillkürlich mit irgendeinem unsagbaren Segen. Der Graf erkennt Frau Lou gleich und begrüßt sie sehr herzlich. Er entschuldigt sich und verspricht uns, von 2 Uhr ab mit uns zu sein. Wir haben es erreicht, und beruhigt bleiben wir im großen Saal in Gesellschaft des Sohnes zurück, mit ihm durchstreifen wir den weiten, wilden Park und kehren nach 2 Stunden in das Haus zurück. Dort, im Vorraum, ist die Gräfin mit dem Einräumen von Büchern beschäftigt. Ungern, befremdet und ungastlich wendet sie sich einen Augenblick zu uns und erklärt kurz, der Graf sei unwohl ... Nun ist es ein Glück, dass wir sagen dürfen: Wir haben ihn schon gesehen. Das entwaffnet die Gräfin einigermaßen. Sie tritt aber nicht mit uns ein, wirft im Vorraum die Bücher umher und ruft irgendjemandem mit böser Stimme zu: »Eben erst sind wir eingezogen! ...« Dann, während wir in dem kleinen Zimmer warten, kommt noch eine junge Dame an, man hört Stimmen, ein heftiges Weinen, beschwichtigende Worte des alten Grafen, der bei uns eintritt, zerstreut und erregt einige Fragen stellt und uns wieder verlässt. Sie können sich denken, dass wir in viel Angst, zu unrechter Stunde gekommen zu sein, in dem kleinen Zimmer zurückbleiben. Aber in einer Weile tritt der Graf wieder ein, diesmal vollkommen uns zugewandt, aufmerksam, uns mit seinen großen Blicken umspannend. Denken Sie – er schlägt uns einen Gang durch den Park vor. Statt des gemeinsamen Essens, das wir gefürchtet und bestenfalls erhofft hatten, gibt er uns die Möglichkeit, mit ihm allein zu sein in der schönen Landschaft, durch die er die schweren Gedanken seines großen Lebens trug. Er nimmt an den Mahlzeiten nicht teil, weil er, seit zwei Tagen wieder leidend, fast nichts als Milchkaffee nimmt, und so ist dieses die Stunde, die er den anderen leicht entziehen kann, um sie uns wie ein unerwartetes Geschenk in die Hände zu legen. Wir gehen langsam die engumwachsenen langen Wege entlang in reichem Gespräch, das, wie damals, vom Grafen Wärme und Bewegung empfängt. Er spricht Russisch, und wo der Wind mir nicht die Worte verdeckt, verstehe ich jede Silbe. Er hat die linke

Hand unter seiner Wolljacke in den Gürtel geschoben, die rechte ruht auf der Krücke des Stockes, ohne sich schwer aufzustützen, und er bückt sich von Zeit zu Zeit, um mit einer Bewegung, als wollte er eine Blume mit dem um sie stehenden Duft einfangen, ein Kraut zu pflücken, aus der hohlen Hand trinkt er das Arom und lässt dann im Sprechen die leere Blume achtlos fallen in den vielen Überfluss des wilden Frühlings, der dadurch nicht ärmer geworden ist. – Das Gespräch geht über viele Dinge. Aber alle Worte gehen nicht vorn an ihnen vorüber, an den Äußerlichkeiten, sie drängen sich hinter den Dingen im Dunkel durch. Und der tiefe Wert von jedem ist nicht seine Farbe im Licht, sondern das Gefühl, dass es aus den Dunkelheiten und Geheimnissen kommt, aus denen wir alle leben. Und jedes Mal, wenn in dem Klang des Gesprächs das Nichtgemeinsame bemerkbar wurde, ging irgendwo ein Ausblick auf auf helle Hintergründe tiefer Einigkeit.

Und so war der Weg ein guter Weg. Manchmal im Wind wuchs die Gestalt des Grafen; der große Bart wehte, aber das ernste, von der Einsamkeit gezeichnete Gesicht blieb ruhig, wie unberührt vom Sturm.

Eine Steppendistel

Ich ging quer über die Felder nach Hause. Es war mitten im Hochsommer.

Das Heu auf den Wiesen war bereits abgeerntet, und man ging daran, den Roggen zu mähen.

Um diese Zeit sind die Felder dicht besät mit den herrlichsten Steppenblumen: Da gibt es die rot, weiß oder rosa leuchtenden flaumig-weichen Kleeblüten, die milchweißen, angenehm herb riechenden Sterne der Kamille mit dem knallgelben Kreis in der Mitte, den gelbblühenden Ackersenf mit seinem Honigduft, die schlanken, tulpenartigen, lila oder weiß gefärbten Glockenblumen, die kriechenden Wicken, die gelben, roten und rötlichen Skabiosen, den ins Bläuliche spielenden kolbenförmigen Wegerich mit dem leicht rosig angehauchten Flaum und dem kaum merklichen feinen Aroma, die zunächst hellblauen, später nachdunkelnden und zuletzt ins Rötliche spielenden Kornblumen und die zarten, nach Mandeln duftenden, rasch welkenden Winden.

Ich hatte einen großen, in allen nur erdenklichen Farben leuchtenden Strauß gepflückt und war schon auf dem Weg nach Hause, als ich im Graben eine prächtige himbeerfarbene, in voller Blüte stehende Distel erblickte, von der Art, die man bei uns zu Lande »Tatarendistel« nennt. Die Bauern weichen ihr beim Mähen vorsichtig aus. Falls eine solche Distel jedoch versehentlich von der Sense getroffen wird, liest man sie sorgfältig aus dem Heu auf, damit man sich an den Stacheln nicht verwundet. Ich kam auf den Gedanken, diese Distel zu pflücken und mitten in meinen Strauß zu setzen. Ich stieg in den Graben hinab, vertrieb eine zottige Hummel, die sich an der Blüte festgesogen hatte

und darin süß und sanft entschlummert war, von ihrem weichen Plätzchen und machte mich daran, die Blüte zu pflücken.

Das war jedoch keineswegs leicht: nicht nur, dass der stachlige Stengel, selbst nachdem ich meine Hand mit dem Taschentuch umwickelt hatte, nach meinen Fingern stach: er war auch so widerstandsfähig und fest, dass ich wohl fünf Minuten lang förmlich mit ihm kämpfte und jede Faser einzeln durchreißen musste. Als ich die Blume endlich gepflückt hatte, war der Stengel schon ganz zerfetzt und zerfasert, und auch die Blüte selbst schien nicht mehr so frisch und schön, überdies passte sie mit ihrer plumpen, groben Form nicht recht unter die übrigen zarten Blüten des Straußes. Ich bedauerte, die Blume, die an ihrem Platze recht schön gewesen war, unnützerweise abgerissen zu haben, und warf sie fort. »Welche Energie, welche Lebenskraft steckte doch in dieser Blume!«, ging es mir durch den Sinn, als ich an die Anstrengungen dachte, die es mich gekostet hatte, sie zu pflücken. »Wie verzweifelt hat sie sich gewehrt, wie teuer ihr Leben verkauft!«

Der Weg zum Hause führte über frisch gepflügtes, schwarzes, fettes Brachland. Ich schritt auf der staubigen, dunklen Straße daher, einen flachen Abhang hinauf. Das gepflügte Land, das zum Gut gehörte, dehnte sich weit: zu beiden Seiten, wie auch nach vorn, sah man nichts als schwarzes, gleichmäßig durchfurchtes, noch nicht geeggtes Ackerland. Der Pflug hatte hier gute Arbeit geleistet, nirgends auf dem weiten Felde sah man auch nur ein Pflänzchen, einen Grashalm, alles war gleichförmig schwarz.

»Was für ein zerstörungssüchtiges Wesen ist doch der Mensch, wie viel Leben mannigfachster Art vernichtet er, um sein eignes Leben zu erhalten!«, dachte ich, während ich unwillkürlich nach irgendeiner Spur von Vegetation inmitten dieser toten schwarzen Erde ausschaute. Vor mir, rechts vom Wege, erblickte ich etwas wie einen kleinen Strauch. Als ich näher heranging, sah ich, dass es gleichfalls eine Tatarendistel war, von derselben Art wie jene, die ich vorhin um ihren Blütenschmuck gebracht hatte.

Die Distelstaude bestand aus drei Stengeln. An dem einen war die Blüte abgerissen, und der Stumpf starrte in die Luft wie ein Arm, dessen Hand abgehauen war. Die beiden anderen Stengel trugen jeder eine Blüte. Diese Blüten waren einmal rot gewesen, jetzt aber waren sie ganz schwarz geworden. Der eine Stengel war geknickt, und die obere Hälfte mit der unansehnlichen Blüte an der Spitze hing herab; der andere Stengel war zwar von der schwarzen Erde beschmutzt, doch ragte er immer noch aufrecht empor. Man sah, dass ein Rad über den ganzen stachligen Busch hinweggegangen war, dass er sich dann aber wieder aufgerichtet hatte, wenn auch nicht ganz, denn er stand ziemlich schief.

»Welche Energie!«, dachte ich, »alles hat der Mensch hier besiegt, Millionen von Kräutern und Gräsern hat er vernichtet, und nur dieses eine leistet ihm Widerstand.« Und ich neigte mich vor dieser Steppendistel, die verwundet, aber dennoch ungebeugt geblieben war, wie ein Mensch, dem ein Stück Fleisch aus dem Leibe gerissen worden ist, der aber immer noch aufrecht dasteht und dem Feinde nicht weicht, dessen Hiebe alle seine Brüder ringsum niedergemäht haben.

Wie viel Erde braucht der Mensch?

1

Die ältere Schwester aus der Stadt war zu Besuch bei ihrer jüngeren Schwester im Dorf. Die ältere war mit einem Kaufmann in der Stadt verheiratet und die jüngere mit einem Bauern auf dem Dorf. Die Schwestern tranken Tee und plauderten. Die ältere kam immer mehr ins Prahlen und lobte voll Begeisterung ihr Leben in der Stadt: wie geräumig und reinlich sie wohnte, wie prächtig sie sich kleidete und ihre Kinder herausputzte, wie gut sie aß und trank und was für herrliche Spazierfahrten und Theaterbesuche sie unternehmen konnte.

Die jüngere Schwester fühlte sich durch diese Reden gedemütigt und begann nun ihrerseits, das Kaufmannsleben herabzusetzen und ihr eigenes Bauernleben zu preisen. »Ich möchte um nichts in der Welt«, so sagte sie, »mein Leben mit dem deinen tauschen. Es stimmt, dass wir nicht besonders schön wohnen, dafür leben wir aber sorgenfrei. Ihr Kaufleute könnt heute eine Menge Geld verdienen, morgen aber alles wieder verlieren. Du kennst ja das Sprichwort: Der Verlust ist der ältere Bruder des Gewinns. Es kommt ja wirklich vor, dass jemand heute reich ist und morgen betteln geht. Unser Bauernleben ist zwar karg, aber wir leben dafür auch länger als ihr Städter. Richtig reich werden wir nie, dafür aber haben wir immer satt zu essen!«

Darauf entgegnete die ältere Schwester: »Das ist mir ein schönes Essen: aus einem Trog mit den Schweinen und Kälbern! Ihr lebt im Dreck und habt keine Manieren. Wie sehr sich dein Bauer auch abmüht, ihr werdet doch immer auf dem Misthaufen leben und auf dem Misthaufen sterben. Und euren Kindern wird es auch nicht besser gehen.«

»Was macht denn das?«, erwiderte die Jüngere. »Unser Leben ist nun einmal so. Dafür müssen wir uns vor niemand bücken und niemand fürchten. Ihr in der Stadt lebt dagegen in ständiger Aufregung und in Sünden; heute führt ihr noch ein ruhiges und rechtschaffenes Leben, aber morgen kommt vielleicht der Böse und verführt deinen Mann zum Kartenspiel oder zum Saufen oder gar zum Ehebruch. Und dann ist alles hin. So was kommt doch vor oder etwa nicht?«

Der Bauer Pachom lag auf dem Ofen und hörte den Streitereien der beiden Frauen zu. »Es ist ja alles wahr«, sagte er sich. »Unsereiner hat von Kind an mit der Erde zu schaffen, und daher kommen uns auch nie irgendwelche Dummheiten in den Sinn. Eines ist nur traurig: wir haben zu wenig Land! Wenn ich genug Land hätte, so wäre mir vor niemand bang, nicht einmal vor dem Teufel!«

Die Frauen tranken ihren Tee aus, redeten noch von Mode und Kleidern, dann räumten sie das Geschirr weg und legten sich schlafen.

Der Teufel hatte aber hinter dem Ofen gesessen und alles belauscht. Er freute sich, dass die Bäuerin ihren Mann zum Grübeln verleitet hatte: Es freute ihn, dass Pachom hin und her überlegte, wie er genug Land bekommen könnte, um vor dem Teufel sicher zu sein. »Na schön«, sagte sich der Teufel, »wir wollen sehen: Ich will dir eine Menge Land geben und dich gerade damit fangen.«

2

In der Nachbarschaft wohnte eine Gutsbesitzerin. Sie war nicht sehr reich und besaß etwa 120 Desjatinen Land. Anfangs vertrug sie sich mit den Bauern sehr gut und tat ihnen nie etwas zuleide. Nun stellte sie aber einen ausgedienten Soldaten als Verwalter an, und der begann, die Bauern mit allerlei Schikanen und Geldbußen zu plagen. Wie sehr sich Pachom auch in Acht nahm, es kam doch tagtäglich vor, dass entweder sein Pferd in den Hafer der Gutsherrin ging oder seine Kuh sich in ihren Garten verirrte oder die Kälber auf der fremden Wiese weideten; jedes Mal hagelte es Geldbußen. Pachom zahlte die Strafgelder und ließ seine ohnmächtige Wut an seiner Familie aus. Schon oft hatte sich Pachom im Laufe des Sommers über die Willkür des Verwalters geärgert und deshalb die Seinen malträtiert. Als das Vieh im Herbst in den Stall getrieben wurde, war er froh: Das Futter kostete zwar Geld, dafür aber hörten die ewigen Scherereien erst einmal auf.

Im Winter hieß es plötzlich, dass die Gutsbesitzerin ihr Land verkaufen wolle und dass der Besitzer der Herberge an der Landstraße mit ihr darüber verhandelte. Als die Bauern davon hörten, begannen sie zu jammern, und sagten: »Wenn der Wirt das Gut bekommt, wird er uns noch schlimmer zusetzen als die Gutsherrin. Wir müssen das Land unbedingt haben.« Die Bauern wurden daher geschlossen bei der Gutsbesitzerin vorstellig und baten, sie möchte das dringend benötigte Land nicht dem Herbergswirt, sondern ihnen verkaufen; sie versprachen auch, einen höheren Preis zu zahlen. Die Gutsherrin ging darauf ein. Die Bauern wollten das Land als Gemeindegut erwerben; sie versammelten sich einige Male, um die Sache zu besprechen, konnten sich aber nicht einig werden. Jedes Mal kam es zu Streitigkeiten, denn der Böse hatte seine Hand im Spiel. Darauf beschlossen die Bauern, dass ein jeder auf eigene Rechnung je nach seinem Vermögen kaufen solle. Auch darauf ging die Gutsherrin ein.

Pachom hörte, dass sein Nachbar der Gutsherrin 20 Desjatinen abgekauft hatte, wobei er die Hälfte des Kaufpreises in jährlichen Raten bezahlen durfte. Pachom wurde neidisch. »Sie kaufen das ganze Land auf und lassen mir nichts übrig«, dachte er. Und er beriet sich mit seiner Frau. »Da alle Leute kaufen«, sagte er zu ihr, »müssen auch wir an die zehn Desjatinen kaufen. Sonst ist es ja wirklich kein Leben: Der Verwalter hat uns mit seinen Bußgeldern beinahe zugrunde gerichtet.« Und sie überlegten, wie sie es anstellen sollten. Sie hatten 100 Rubel erspart; nun verkauften sie ein Fohlen und die Hälfte der Bienenstöcke, verdingten den Sohn als Tagelöhner, borgten sich noch etwas Geld beim Schwager und brachten auf diese Weise die Hälfte der Kaufsumme auf.

Als Pachom das Geld beisammen hatte, suchte er sich ein Stück Land nach seinem Geschmack aus – es waren 15 Desjatinen mit einem kleinen Waldstück – und ging zur Gutsherrin, um mit ihr über den Kauf zu verhandeln. Sie wurden handelseinig, und er gab ihr eine Anzahlung auf die 15 Desjatinen. Dann fuhren sie in die Stadt und schlossen den Vertrag. Pachom zahlte die Hälfte des Preises und verpflichtete sich, den Rest innerhalb von zwei Jahren abzutragen.

Nun hatte Pachom ein ordentliches Stück Land. Er kaufte sich Saatgut auf Borg und besäte den erworbenen Grund. Schon die erste Ernte war so gut, dass er gleich im ersten Jahre sowohl der Gutsherrin als auch dem Schwager die Schuld bezahlen konnte. So wurde Pachom Landbesitzer: Der Boden, den er bebaute, auf dem er mähte, sein Holz fällte und sein Vieh weidete, gehörte nun ihm. Immer wenn Pachom auf sein eigenes Land hinausfuhr, um zu pflügen oder um die Saat und das Gras anzusehen, war er stolz und glücklich. Es schien ihm, dass auf seinem Grund und Boden ganz anderes Gras wachse und andere Blumen blühten als anderswo. Wenn er früher an diesem Stück Land vorbeigefahren war, war es ihm ganz gewöhnlich vorgekommen; jetzt war es aber gesegnetes Land.

3

So lebte Pachom in Freuden. Er wäre wohl ganz zufrieden gewesen, wenn ihm die anderen Bauern nicht ständig mit allerlei Flurschäden zugesetzt hätten. Er stellte sie freundlich zur Rede, aber das half nichts. Die Hirten ließen die Kühe weiterhin auf seinen Wiesen grasen, und die Pferde brachen nachts in sein Kornfeld ein. Pachom trieb das fremde Vieh weg, verzieh den Bauern stillschweigend ihre Übergriffe und beschwerte sich zunächst nicht. Auf die Dauer wurde es ihm aber doch zu bunt, und er zeigte die Schuldigen beim Dorfgendarmen an. Nun wusste er zwar, dass die Bauern seine Äcker nicht in böser Absicht beschädigten und dass der ganze Ärger nur entstanden war, weil sie so dicht beieinander wohnten; dennoch sagte er sich: »Ich kann es ihnen doch nicht immer durchgehen lassen! Sie ruinieren mir schließlich mein ganzes Land. Ich muss ihnen einen Denkzettel verpassen!«

Er zeigte einen Bauern an, dann einen andern, und beide mussten Geldbußen bezahlen. Das ärgerte die Nachbarn, und von nun an kam es immer öfter vor, dass sie ihn mit voller Absicht schädigten. Jemand drang nachts in sein Wäldchen ein und fällte zehn junge Linden, um sich aus ihrer Rinde Bast zu machen. Als Pachom am nächsten Tage an dieser Stelle vorbeifuhr, entdeckte er, dass da etwas Weißes schimmerte. Als er näher kam, sah er die abgeschälten Stämme auf der Erde liegen, nur die Stümpfe ragten noch aus dem Boden. Pachom packte die Wut. »Wenn ich nur wüsste, wer das getan hat! Der müsste endlich einmal eine richtige Strafe bekommen!« Lange überlegte er hin und her und war sich schließlich sicher: »Es kann niemand anders als Semjon gewesen sein.«

Er ging zum Bauern Semjon, durchstöberte dessen Hof, fand aber nichts; es kam nur zu einem heftigen Streit. Pachom war nun erst recht davon überzeugt, dass Semjon der Übeltäter war. Er reichte eine Klage gegen ihn ein. Es kam zur Gerichtsverhandlung, doch die Richter mussten Semjon freisprechen, da jeglicher Beweis für seine Schuld fehlte. Darüber geriet Pachom noch mehr in Zorn, und er fing einen Streit mit dem Starost und den Richtern an. Er sagte zu ihnen: »Ihr steckt mit den Dieben unter einer Decke. Wenn ihr anständig wäret, würdet ihr den Dieb nicht freisprechen!«

Nun war Pachom mit den Richtern und den Nachbarn vollends verzankt. Die Bauern drohten, ihm den roten Hahn aufs Dach zu setzen. So hatte Pachom zwar auf seinem Grund und Boden genügend Raum, doch in der Gemeinde war es ihm zu eng geworden. In dieser Zeit verbreitete sich das Gerücht, dass viele Bauern weiter nach Osten zogen, wo es Land in Überfülle und zu billigem Preis geben sollte. Und Pachom sagte zu sich: »Ich selbst brauche ja nicht auszuwandern, denn ich habe hier genügend Land; wenn aber jemand von den Nachbarn fortziehen wollte, würde es hier geräumiger werden. Ich würde das Land des Auswanderers aufkaufen und damit meinen Besitz abrunden; ich würde es dann viel bequemer haben, denn jetzt ist es wirklich zu eng!«

Als Pachom einmal zu Hause saß, klopfte bei ihm ein durchreisender Bauer an. Pachom gewährte ihm ein Nachtquartier, gab ihm zu essen und zu trinken und fragte ihn, woher des Weges er komme. Der Bauer sagte, dass er gerade von der unteren Wolga herkomme, wo er auf Arbeit gewesen sei. Ein Wort gab das andere, und der Bauer erzählte von den Lebensbedingungen der Einwanderer in jener Gegend. Viele Leute aus seinem Dorf seien dort hingezogen; man habe sie ohne Umstände in die Gemeinde aufgenommen und einem jeden zehn Desjatinen Land zugeteilt. Der Boden sei dort sehr fruchtbar: Das Korn stehe so hoch, dass sich ein Pferd darin verbergen könne, und fünf Handvoll Ähren gäben eine Garbe ab. Ein Bauer, der gänzlich verarmt und mit leeren Händen hingekommen sei, besitze jetzt sechs Pferde und zwei Kühe. Pachom lachte das Herz in der Brust. Er sagte sich: »Was soll ich mich hier in der Enge plagen, wenn ich anderswo viel besser leben kann? Ich will meinen hiesigen Besitz verkaufen und mich mit dem Erlös drüben einrichten. Denn hier in der Enge hat man nichts als Ärger. Nur muss ich zuerst selbst hinfahren und mir die Sache näher anschauen.«

Als die sommerlichen Erntearbeiten zu Ende waren, machte sich Pachom auf den Weg. Er fuhr zu Schiff die Wolga bis Samara hinab und ging von dort etwa 400 Werst zu Fuß. So kam er in die besagte Gegend. Alles, was ihm der Fremde erzählt hatte, stimmte. Die Bauern hatten dort viel Land. Einem jeden waren zehn Desjatinen zugeteilt worden, und Neuankömmlinge wurden ohne Schwierigkeiten in die Dorfgemeinde aufgenommen. Wer aber auch noch eigenes Geld mitbrachte, durfte außer den angewiesenen zehn Desjatinen noch so viel Land hinzukaufen, wie er wollte; eine Desjatine besten Bodens kostete nur drei Rubel.

Als Pachom alles an Ort und Stelle in Augenschein genommen hatte, kehrte er zum Herbst nach Hause zurück und begann seinen Besitz zu veräußern. Er verkaufte alles mit Gewinn, sein Land, sein Haus, sein Vieh, trat aus der Gemeinde aus und zog im nächsten Frühjahr mit Frau und Kind in die neue Heimat.

4

Pachom kam mit seiner Familie in das neue Land und bat in einem großen Dorf, in die Gemeinde aufgenommen zu werden. Er bewirtete die Gemeindeältesten mit Branntwein, und sie verschafften ihm alle notwendigen Papiere. Sie nahmen Pachom in die Dorfgemeinde auf und teilten ihm, da seine Familie aus fünf Köpfen bestand, 50 Desjatinen Land auf verschiedenen Schlägen zu; außerdem bekam er einen Anteil am Weideland. Pachom baute Getreide an und kaufte Vieh. Nun besaß er allein an zugeteiltem Land dreimal mehr als früher; es war guter, fruchtbarer Boden. Er konnte daher zehnmal so gut leben wie zuvor. Er besaß genügend Ackergrund und Weideland und konnte sich so viel Vieh halten, wie er wollte.

Anfangs, als er noch dabei war, sich einzurichten, erschien ihm alles vortrefflich; nachdem er aber eine Zeitlang gewirtschaftet hatte, fand er es auch hier zu eng. Im ersten Jahr säte Pachom Weizen auf dem ihm zugeteilten Land, und er gedieh sehr gut. Nun bekam er Lust, noch mehr Weizen anzubauen, doch der ihm zugewiesene Grund reichte nicht mehr aus. Auch war er für einen mehrjährigen Weizenanbau nicht geeignet. In jener Gegend pflanzt man den Weizen auf neuen Steppenböden oder Brachland. Man sät ihn nur ein oder zwei Jahre aus und lässt dann die Erde brachliegen, bis sie wieder mit Steppengras bewachsen ist. Dieses Steppenland fand viele Liebhaber, aber für alle konnte es nicht reichen. Das gab immer wieder Anlass zu Streitereien; die reicheren Bauern bebauten ihr Land selbst, und die ärmeren verpachteten das ihre an Kaufleute, um mit dem Pachtzins ihre Steuern zu bezahlen. Auch Pachom wollte mehr von diesem Land haben. Er ging im nächsten Jahr in die Stadt und pachtete von einem Kaufmann Land auf ein Jahr. Er besäte es, der Weizen gedieh gut, doch das Feld lag zu weit vom Dorf entfernt: Er musste ganze 15 Werst weit fahren. Er sah, dass die reicheren Bauern in der Umgebung wie Gutsbesitzer auf Einzelhöfen lebten und von Jahr zu Jahr reicher wurden. »Wenn ich mir noch etwas Land zu Erb und Eigen kaufen könnte«, dachte er sich, »würde ich mir auch so einen Gutshof bauen! Dann hätte ich alles beisammen.« Und Pachom sann nun darüber nach, wie er sich Erbland zulegen könnte.

So vergingen drei Jahre. Pachom nahm Land in Pacht und baute Weizen. Die Jahre waren gut, der Weizen gedieh vortrefflich, und Pachom konnte sich etwas Geld zurücklegen. Eigentlich hätte er so sehr gut leben können, aber es ärgerte ihn, dass er jedes Jahr neue Pachtverträge abschließen musste. Jedes Mal gab es große Scherereien: Wenn irgendwo besonders guter Boden zu verpachten war, stürzten sich die Bauern aus der ganzen Gegend darauf und schnappten ihm alles vor der Nase weg, so dass er nichts säen konnte. Im dritten Jahr pachtete er zusammen mit einem Kaufmann von den Bauern Weideland; sie hatten es schon aufgepflügt, als die Bauern plötzlich nichts mehr davon wissen wollten und einen Prozess anfingen, und so war alle Mühe verloren. »Wenn ich eigenes Land hätte«, dachte er, »brauchte ich mich vor niemand zu bücken und hätte diesen Ärger nicht.«

Nun begann Pachom Erkundigungen einzuziehen, wo er sich Land zu Erb und Eigen kaufen könnte. Er stieß auf einen Bauern, der erst vor kurzem 500 Desjatinen gekauft hatte, aber in Not geraten war und das Land billig losschlagen musste. Pachom verhandelte mit dem Bauern. Sie feilschten lange hin und her und einigten sich schließlich auf die Summe von 1000 Rubel, wobei die Hälfte des Betrages in Raten zu zahlen war.

Das Geschäft war beinahe abgeschlossen, als bei Pachom eines Tages ein reisender Kaufmann einkehrte, um sich Futter für seine Pferde zu verschaffen. Sie tranken Tee und kamen ins Gespräch. Der Kaufmann erzählte, dass er aus dem fernen Baschkirenland komme. Er habe dort von den Baschkiren 5000 Desjatinen Land gekauft, das Ganze habe nur tausend Rubel gekostet. Pachom begann, ihn auszufragen. Der Kaufmann erzählte: »Ich habe das Land so billig bekommen, weil ich zuvor die Gemeindeältesten beschenkt habe: Sie bekamen von mir Teppiche und Kaftane für etwa 100 Rubel, eine Kiste Tee, und jene, die Branntwein trinken, bewirtete ich mit Branntwein. Auf diese Weise bekam ich die Desjatine zu 20 Kopeken.« Er zeigte ihm den Kaufvertrag und sagte noch: »Das Land liegt an einem Fluss und ist guter Steppenboden.« Pachom wurde immer neugieriger, und der Kaufmann sagte: »Es gibt dort so viel Land, dass man es auch in einem Jahr nicht umschreiten kann. Alles gehört den Baschkiren. Die Leute sind stumpfsinnig wie die Hammel. Man kriegt das Land von ihnen beinahe umsonst.« Pachom dachte im

Stillen: »Warum soll ich 1000 Rubel ausgeben, um 500 Desjatinen zu kaufen, und mir dabei noch eine Schuld auf den Hals laden, wenn ich dort für das gleiche Geld vielleicht das Zehnfache bekommen kann?

5

Pachom erkundigte sich, wie man zu den Baschkiren gelangte; kaum war der Kaufmann weitergefahren, als er sich zur Reise zu rüsten begann. Er vertraute die ganze Wirtschaft seiner Frau an und nahm einen seiner Knechte auf die Reise mit. Sie fuhren zuerst in die Stadt und kauften eine Kiste Tee, Geschenke und Branntwein, wie es der Kaufmann geraten hatte. Sie fuhren und fuhren und legten an die 500 Werst zurück. Am siebenten Tage kamen sie beim Zeltlager der Baschkiren an. Alles war wirklich so, wie es der Kaufmann erzählt hatte. Die Baschkiren wohnen in der Steppe, am Fluss, in Zelten aus Filz. Sie treiben keinen Ackerbau und essen kein Brot. In der Steppe weiden ihre Schaf- und Pferdeherden. Hinter den Zelten sind die Fohlen angebunden, und zweimal am Tage treibt man die Stuten zu ihnen hin. Die Stuten werden gemolken, und aus der Milch wird Kumys bereitet. Die Frauen rühren den Kumys und machen daraus Käse; die Männer tun aber nichts als Kumys und Tee trinken, Hammelfleisch essen und Flöte blasen. Es sind lauter gesunde, lustige Leute, die den ganzen Sommer lang feiern. Das Volk ist ganz unwissend, versteht kein Russisch, ist aber sehr freundlich.

Kaum hatten die Baschkiren Pachom erblickt, als sie alle aus ihren Zelten herausströmten und den neuen Gast umringten. Unter ihnen fand sich auch ein Dolmetscher. Pachom ließ durch ihn den Leuten sagen, dass er wegen des Landes gekommen sei. Darüber freuten sich die Baschkiren sehr; sie nahmen ihn bei den Händen, führten ihn in ein schönes Zelt, setzten ihn auf Teppiche und Daunenkissen, ließen sich dann alle um ihn im

Kreise nieder und bewirteten ihn mit Kumys und Tee. Sie schlachteten auch einen Hammel und gaben ihm das Fleisch zu essen. Pachom holte aus seinem Wagen die mitgebrachten Gastgeschenke hervor und verteilte sie unter die Baschkiren. Ein jeder bekam ein Geschenk und etwas Tee. Wieder freuten sich die Baschkiren. Sie beratschlagten lange miteinander in ihrer unverständlichen Sprache und ließen dann dem Dolmetscher das Wort. »Sie lassen dich wissen«, sagte der Dolmetscher, »dass sie dich liebgewonnen haben und dass es bei uns Sitte ist, unseren Gastfreunden jeden Gefallen zu erweisen und ihm für seine Geschenke Gegengaben zu machen. Du hast uns beschenkt; sage uns nun, was dir von unserem Besitz am besten gefällt, damit wir es dir geben.«

»Am besten gefällt mir euer Land«, entgegnete Pachom. »Bei uns zu Hause ist es eng, und der Boden ist erschöpft; bei euch gibt es aber viel Land, und der Boden ist so gut, wie ich noch keinen gesehen habe.« Der Dolmetscher übersetzte es. Die Baschkiren sprachen wieder lange miteinander. Pachom verstand davon kein Wort, sah aber, dass sie sehr lustig waren: sie schrien und lachten. Dann wurden sie wieder still, blickten alle auf Pachom, und der Dolmetscher sagte: »Sie lassen dir sagen, dass sie bereit sind, dir für deine Freundlichkeit so viel Land zu geben, wie du magst. Zeige nur mit der Hand, welches Land dir am besten gefällt, und schon ist es dein.« Sie redeten noch eine Weile miteinander, schienen aber in Streit geraten zu sein. Pachom fragte, worüber sie stritten. Und der Dolmetscher sagte: »Die einen sagen, dass man erst den Ältesten fragen muss, weil man ohne seine Erlaubnis nichts hergeben darf; die anderen meinen aber, man kann es auch ohne ihn entscheiden.«

6

Während die Baschkiren noch stritten, trat plötzlich ein Mann, der eine schöne Fuchsfellmütze trug, ins Zelt. Alle verstummten und erhoben sich ehrfürchtig. Und der Dolmetscher sagte: »Da ist der Älteste selbst!« Pachom holte gleich den schönsten Kaftan hervor und überreichte ihn dem Ältesten; auch fünf Pfund Tee gab er ihm. Der Älteste nahm die Geschenke an und setzte sich auf den Ehrenplatz. Die Baschkiren begannen ihm sofort etwas zu erzählen. Der Älteste hörte sie an, nickte mit dem Kopf, dass sie schweigen sollten, und sagte zu Pachom auf Russisch: »Nun, ich habe nichts dagegen. Nimm dir Land, wo es dir beliebt; wir haben genügend davon.« Pachom dachte: »Was heißt das, dass ich mir so viel nehmen darf, wie ich mag? Man muss es doch irgendwie schriftlich abmachen. Sonst können sie heute sagen, dass es mir gehört, und es mir morgen wieder wegnehmen.«

»Ich danke euch für eure freundlichen Worte«, sagte er. »Ihr habt ja viel Land, und ich brauche nur wenig. Ich muss aber genau wissen, welches Stück mir gehört. Man muss es irgendwie abgrenzen und auf meinen Namen einschreiben. Gott ist ja Herr über Leben und Tod. Ihr seid gute Leute und gebt mir das Land; vielleicht kommen aber einmal eure Kinder und nehmen es mir wieder weg.« »Du hast recht«, entgegnete der Älteste, »man kann es ja auch schriftlich abmachen.« Pachom sagte weiter: »Ich habe gehört, dass euch neulich ein Kaufmann besucht hat. Ihr habt ihm gleichfalls etwas Land geschenkt und einen Vertrag darüber geschlossen; ich möchte es gern auch so machen.« Der Älteste begriff alles. »Wir können diesmal genauso verfahren«, sagte er, »wir haben auch einen Schreiber; drum wollen wir in die Stadt fahren und alles besiegeln.« »Und welchen Preis verlangt ihr für euer Land?«, fragte Pachom. »Wir haben nur einen Preis: Tausend Rubel für den Tag.« Pachom verstand nicht. »Was ist denn der Tag für ein Maß? Wie viel Desjatinen sind es?« »Wir sind

nicht gewöhnt, so zu rechnen«, erwiderte der Älteste. »Wir verkaufen so: Wie viel Land du an einem Tag umschreiten kannst, so viel gehört dir. Und ein Tag kostet tausend Rubel.« Pachom wunderte sich. »An einem Tag«, sagte er, »kann man ja ein sehr großes Stück Land umwandern.« Der Älteste lachte: »Ja, und alles soll dir gehören! Wir machen aber noch eine Bedingung aus: Wenn du am gleichen Tage nicht auf die Stelle zurückkommst, von der du losgegangen bist, so ist dein Geld verfallen.« »Wie wollt ihr euch den Weg merken, den ich gegangen bin?«, sagte Pachom. »Ganz einfach: Wir werden uns auf dem Fleck, den du wählst, aufstellen und warten, bis du ein Stück Land umgangen hast. Du nimmst eine Hacke mit und bringst, wo es nötig ist, Grenzmarken an: An den Ecken gräbst du den Rasen auf, und wir werden hinterdrein mit dem Pflug von Marke zu Marke Furchen ziehen. Du kannst einen beliebig großen Kreis machen, doch musst du vor Sonnenuntergang an den gleichen Ort zurückkommen, von dem du ausgegangen bist. Alles, was du umschritten hast, ist dein!«

Pachom freute sich. Sie beschlossen, früh am Morgen in die Steppe hinauszugehen. Sie sprachen noch eine Zeitlang miteinander, tranken Kumys, aßen Hammelfleisch und tranken Tee. So wurde es Nacht. Die Baschkiren bereiteten Pachom ein Lager auf einem Daunenpfühl und gingen auseinander. Man verabredete, am nächsten Morgen in aller Herrgottsfrühe aufzubrechen, um den Ort noch vor Sonnenaufgang zu erreichen.

7

Pachom legte sich auf sein Lager, konnte aber keinen Schlaf finden. Er musste immer an sein Land denken: »Ich werde mir ein gehöriges Stück Land einheimsen. An einem Tage kann ich ja leicht 50 Werst schaffen. Die Tage sind jetzt so lang wie Jahre; und in einem Kreise von 50 Werst steckt eine Menge Erde drin!

Das schlechtere Land werde ich verkaufen oder an Bauern verpachten, das bessere behalte ich für mich. Ich schaffe mir zwei Gespann Ochsen an und nehme noch zwei Knechte in Dienst; auf 50 Desjatinen will ich Getreide pflanzen, und auf dem übrigen Land soll mein Vieh weiden.«

Erst kurz vor Tag schlummerte Pachom ein. Und er hatte einen Traum. Er lag, so träumte ihm, in diesem selben Zelt und hörte draußen jemand laut lachen. Er wollte sehen, wer es war, stand auf, ging hinaus und sah den Ältesten der Baschkiren vor dem Zelt sitzen. Er hielt sich mit beiden Händen den Bauch und schüttelte sich vor Lachen. Pachom ging auf ihn zu und fragte: »Worüber lachst du denn?« Es war aber gar nicht der Älteste, sondern jener Kaufmann, der ihn kürzlich besucht und ihm vom Baschkirenland erzählt hatte. Er fragte den Kaufmann: »Bist du lange hier?« Nun war es aber gar nicht der Kaufmann, sondern jener Bauer von der unteren Wolga, der noch in der alten Heimat zu ihm gekommen war. Und plötzlich sah Pachom, dass es auch nicht der Bauer war, sondern der leibhaftige Teufel mit Hörnern und Pferdefuß. Der Teufel lachte, und vor ihm lag ein Mann, barfuß, nur mit Hemd und Hose bekleidet. Pachom sah genauer hin: Was mochte das für ein Mensch sein? Und er sah: Der Mann war tot und niemand anders als er selbst. Pachom erschrak und erwachte. Als er ganz wach war, sagte er sich: »Was es doch nicht alles für Träume gibt!«

Er blickte sich um und lugte durch den offenen Spalt ins Freie und bemerkte, dass schon der Morgen tagte. »Ich muss die Leute wecken«, dachte er, »denn es ist Zeit aufzubrechen.« Pachom stand auf, weckte seinen Knecht, der im Wagen schlief, befahl ihm anzuspannen und ging die Baschkiren wecken. »Es ist Zeit«, sagte er, »in die Steppe hinauszufahren, um mein Land abzumessen.« Die Baschkiren standen auf und versammelten sich vor dem Zelt; auch der Älteste kam herbei. Sie begannen wieder

Kumys zu trinken und boten Pachom Tee an; er wollte aber keine Zeit verlieren. »Wenn wir hinausfahren wollen, müssen wir es gleich tun«, sagte er, »denn es ist höchste Zeit!«

8

Die Baschkiren machten sich fertig, brachen auf und fuhren teils im Wagen, teils ritten sie nebenher. Pachom fuhr mit dem Knecht in seinem Wagen; sie nahmen auch Hacken mit. Als sie in die Steppe kamen, stand das Morgenrot am Horizont. Sie fuhren einen Hügel hinauf, einen Schichan, wie die Baschkiren sagen, stiegen von den Pferden und Wagen und kamen alle an einem Platz zusammen. Der Älteste ging auf Pachom zu, streckte die Hand aus und sagte: »Dieses ganze Land, so weit dein Blick reicht, gehört uns. Wähle dir nun ein Stück nach deinem Belieben.« Pachoms Augen brannten vor Begierde; vor ihm lag die Erde, lauter gutes Steppenland, glatt wie eine Handfläche, schwarz wie Mohnkörner; in den Vertiefungen wuchs Steppengras, das einem bis an die Brust reichte. Der Älteste nahm seine Fuchsfellmütze ab und legte sie auf den Boden. »Das soll unser Merkzeichen sein«, sagte er. »Von hier sollst du ausgehen und hierher wieder zurückkommen. Was du umschreitest, gehört dir.«

Pachom holte sein Geld aus der Tasche, legte es auf die Mütze, zog den Kaftan aus und behielt nur sein Unterkleid an. Er schnürte den Gürtel fester um den Leib, steckte sich ein Säckchen mit Brot in die Brustfalte seines Leibrocks, band sich eine Kürbisflasche mit Wasser an den Gürtel, zog die Stiefelschäfte höher hinauf, reckte sich, nahm aus den Händen des Knechtes die Hacke und stand so abmarschbereit da. Er überlegte sich noch, welche Richtung er einschlagen sollte, denn das Land war überall von gleicher Güte. Er sagte sich schließlich: »Es ist ja wirklich einerlei; ich gehe dem Sonnenaufgang zu.« Er stellte sich mit dem Gesicht nach Osten, reckte sich und wartete, dass ein Rand der Sonnenscheibe zum Vorschein käme. »Ich will keine Zeit verlieren«, sagte er sich. »Solange es noch kühl ist, geht es sich viel leichter.« Kaum schossen die ersten Sonnenstrahlen am Horizont hervor, als Pachom die Hacke auf die Schulter nahm und in die Steppe hinausging.

Pachom schritt nicht zu schnell und nicht zu langsam aus. Als er eine Werst weit gegangen war, grub er ein Loch und schichtete einige Rasenstücke übereinander auf, damit das Zeichen von weitem sichtbar sei. Dann ging er weiter. Seine Glieder waren durch die Bewegung gelenkiger geworden. Er war allmählich in Schwung gekommen und beschleunigte seine Schritte. Er ging noch eine Strecke weiter und grub dann das zweite Loch. Pachom blickte sich um. Er konnte im Sonnenlicht den Hügel erkennen, auch die Leute und selbst das Funkeln der eisenbeschlagenen Räder. Pachom schätzte die Strecke, die er zurückgelegt hatte, auf fünf Werst. Es war ihm wärmer geworden; er zog daher auch den Rock aus, warf ihn sich über die Schulter und wanderte weiter. Nun wurde es heiß. Er blickte auf die Sonne. Es war die Stunde, Brotzeit zu machen. »Nun ist aber erst ein Viertel des Arbeitstages verstrichen«, dachte Pachom. »Es ist noch zu früh, um einzubiegen. Ich will mir nur die Stiefel ausziehen.« Er setzte sich, zog sich die Stiefel aus, befestigte sie am Gürtel und ging weiter. »Ich will noch an die fünf Werst gehen und dann links abbiegen. Hier ist der Boden gar zu gut; es wäre schade, wenn ich schon hier einbiegen wollte. Je weiter ich gehe, umso besser sieht das Land aus. Er ging noch eine Strecke geradeaus und blickte sich um: Der Hügel war kaum noch zu sehen; die Leute darauf erschienen ihm wie Ameisen, und die Wagenräder glänzten kaum merklich in der Sonne.

»In dieser Richtung«, sagte sich Pachom, »habe ich genug; jetzt heißt es einbiegen! Ich bin ganz in Schweiß gebadet. Ich will etwas Wasser trinken.« Er blieb stehen, grub ein etwas größeres Loch, schichtete die Rasenstücke übereinander, band die Kürbisflasche vom Gürtel, trank und bog dann scharf nach links ein. Er ging und ging, geriet in hohes Gras; es wurde aber immer heißer. Pachom begann Müdigkeit zu spüren; er blickte auf die Sonne und sah, dass es genau die Mittagsstunde war. »Nun, jetzt darf ich wirklich etwas ausruhen!« Pachom blieb stehen und setzte sich auf den Boden. Er aß Brot, trank Wasser, legte sich aber nicht hin, denn er sagte sich: »Wenn ich mich hinlege, kann ich unversehens einschlafen.« Er saß eine Weile und ging dann weiter. Anfangs fiel ihm das Gehen leicht, denn das Mittagsbrot hatte ihn gestärkt. Es war ihm aber sehr heiß, auch wurde er nach und nach schläfrig. Er schritt dennoch zielstrebig vorwärts und dachte: »Die Mühe ist kurz, doch das Leben lang.«

Nachdem er auch in dieser Richtung eine weite Strecke zurückgelegt hatte, wollte er wieder nach links abbiegen; da stieß er aber auf eine feuchte Talsenke; es wäre schade gewesen, sie auszulassen. Er dachte sich: »Hier muss der Flachs gut gedeihen.« Und er ging noch weiter in der gleichen Richtung. Er nahm also auch noch die Talsenke in seinen Kreis auf, grub wieder ein Loch und machte den zweiten Winkel. Pachom blickte zum Hügel zurück: Es war dunstig geworden, die Luft schien in der Sonnenglut zu zittern, und durch den Dunst hindurch konnte man die Leute auf dem Hügel kaum sehen. »Ich habe die ersten beiden Seiten zu lang gemacht«, sagte sich Pachom, »die dritte Seite muss kürzer werden.« Er ging nun schneller voran, um noch die dritte Seite des Vierecks abzuschreiten. Da blickte er zur Sonne: Sie neigte sich der Vesperzeit zu. Auf der dritten Seite hatte er aber erst kaum zwei Werst zurückgelegt, und bis zum Ausgangspunkt blieben noch immer 15 Werst.

»Nein«, sagte er sich, »so geht es nicht: Wenn es auch ein schiefes Stück wird, ich muss jetzt geradeaus aufs Ziel zugehen.

Dass es mir nur nicht zu viel wird! Ich habe ja auch schon jetzt genug.« Pachom grub schnell ein Loch und eilte geradeswegs auf den Hügel zu.

9

Pachom geht also auf den Hügel zu, und das Gehen fällt ihm immer schwerer: Er schwitzt, die bloßen Füße sind zerschunden und wollen ihm nicht mehr gehorchen. Er möchte so gern ein wenig ausruhen, darf es aber nicht, sonst kann er vor Sonnenuntergang nicht am Ziel sein. Die Sonne wartet nicht und sinkt immer tiefer. »Habe ich nicht doch einen Fehler gemacht und mir zu viel Land genommen? Wenn ich nur nicht zu spät komme!« Er blickt bald auf den Hügel, bald auf die Sonne: Bis zum Ziel ist es noch weit, die Sonne steht aber schon dicht über dem Steppenrand. Pachom schleppt sich nur noch mit großer Mühe voran und beschleunigt dennoch immerfort seine Schritte. Er geht und geht, das Ziel scheint aber nach wie vor unendlich fern zu sein; nun fängt er an zu laufen. Er wirft den Rock, die Stiefel, die Kürbisflasche und die Mütze weg und behält nur die Hacke, um sich auf sie zu stützen.

»O weh«, sagt er sich, » ich war zu gierig, habe die ganze Sache verdorben, werde vor Sonnenuntergang niemals ankommen.« Die Angst nimmt ihm den Atem. Er rennt, was er rennen kann; Hemd und Hose kleben ihm am Körper, sein Mund ist ausgedörrt, die Brust hebt und senkt sich wie ein Blasebalg, das Herz hämmert, und die Beine wollen ihn nicht mehr tragen. »Dass ich vor Anstrengung nur nicht zusammenbreche!«, denkt er voller Angst. Er fürchtet zu sterben, kann aber nicht mehr stehen bleiben. »Ich bin schon so weit gelaufen«, denkt er, »und wenn ich jetzt stehen bleibe, werden mich die Leute einen Narren nennen!«

Er läuft und läuft, hat beinahe den Hügel erreicht und kann hören, wie ihn die Baschkiren mit Kreischen und Schreien anfeuern. Von ihrem Geschrei brennt sein Herz noch mehr. Pachom taumelt mit der letzten Kraft dahin, die Sonne hat aber schon den Steppenrand erreicht, er sieht sie durch den Dunst als riesengroßen und blutroten Feuerball. Jeden Augenblick kann sie untergehen. Er hat aber nur noch ein kleines Stück zu laufen. Pachom sieht die Leute auf dem Hügel stehen; sie winken ihm zu und treiben ihn an. Er sieht auch die Fuchsfellmütze auf der Erde, sieht sein Geld auf ihr liegen, sieht den Ältesten auf der Erde sitzen und sich mit beiden Händen den Bauch halten. Pachom muss an seinen Traum denken. Er sagt sich: »Nun habe ich viel Land; ob es mir aber von Gott beschieden ist, darauf zu leben? Wehe! Ich habe mich zugrunde gerichtet, erreiche den Hügel nicht mehr …«

Pachom blickt wieder auf die Sonne: Sie berührt schon die Erde, und ein Stück an ihrem Rande ist bereits abgeschnitten. Pachom nimmt seine letzten Kräfte zusammen, beugt sich mit dem ganzen Körper vor, so dass seine Beine ihm kaum mehr nachkommen können. Wie Pachom den Hügel erreicht, wird es plötzlich dunkel. Er blickt zurück? Die Sonne ist untergegangen. Pachom stöhnt auf: »Umsonst war meine ganze Mühe!« Er will stehen bleiben, hört aber die Baschkiren noch immer schreien. Es fällt ihm ein, dass es ihm nur unten so scheint, als sei die Sonne schon untergegangen; vom Hügel aber kann man sie noch sehen. Der Wettlauf ist noch nicht verloren. Pachom holt Atem und jagt den Hügel hinauf. Oben ist es noch hell. Er erreicht den Gipfel und sieht die Mütze. Vor der Mütze sitzt der Älteste, schüttelt sich vor Lachen und hält sich mit den Händen den Bauch. Wieder muss Pachom an seinen Traum denken. Er stöhnt auf, die Beine knicken ihm ein, und er fällt hin, berührt aber mit den beiden Händen noch die Mütze.

»Gut gemacht!«, schreit der Älteste. »Viel Land hast du gewonnen.«

Pachoms Knecht kam gelaufen, wollte ihn aufheben, aber Pachom lag starr und reglos da, und aus seinem Munde rann Blut. Die Baschkiren schnalzten mit den Zungen und sprachen ihr Bedauern aus.

Der Knecht nahm die Hacke, grub seinem toten Herrn eine Grube, genauso lang wie das Stück Erde, das er mit seinem Körper, von den Füßen bis zum Kopf, bedeckte, und scharrte ihn ein.

Hotel Schweizerhof

Luzern, 8. Juli
Gestern Abend bin ich in Luzern angekommen und habe in dem feinsten Gasthause Wohnung genommen, im Schweizerhof.

Luzern, eine alte Kantonsstadt, am Ufer des Vierwaldstätter Sees gelegen, – sagt Murran – ist eine der romantischsten Städte der Schweiz. Hier kreuzen sich drei Hauptstraßen, und in einer Entfernung von nur einer Stunde Dampferfahrt gelangt man zu dem Rigi, von dem man eine der herrlichsten Aussichten der Welt genießt. Ob mit Recht oder nicht, andere »Führer« sagen dasselbe, und daher findet man in Luzern eine Menge von Reisenden aller Nationen, besonders aber Engländer.

Das prächtige, fünfstöckige Gebäude des Schweizerhofes ist erst vor kurzem erbaut. Es steht am Quai, unmittelbar am See, an derselben Stelle, wo in alter Zeit eine hölzerne, überdeckte, langgewundene Brücke war, mit Türmchen an den Ecken und Bildern an den Strebepfeilern. Jetzt ist, dank dem ungeheuren Zufluss der Engländer, ihren Bedürfnissen, ihrem Geschmack und ihrem Gelde, die alte Brücke abgebrochen und an ihre Stelle der schöne, liniengerade Quai getreten. Der Quai ist mit geraden, viereckigen, fünfstöckigen Häusern bebaut; vor den Häusern stehen in zwei Reihen kleine Linden mit Stützen und zwischen den Linden, wie sich's gehört, grüne Bänkchen. Das ist der Spazierweg. Hier prominieren die Engländerinnen mit den schweizerischen Strohhüten und die Engländer in ihren haltbaren und bequemen Anzügen und freuen sich ihres Werks. Die Uferstraße, diese Häuser, diese Linden, diese Engländer würden sich vielleicht woanders sehr hübsch ausnehmen, nur hier nicht, inmitten dieser eigenartig majestätischen und zugleich unaussprechlich harmonischen und weichen Natur.

Als ich hinaufstieg in mein Zimmer und das Fenster nach dem See öffnete, blendete und erschütterte mich buchstäblich im ersten Augenblick die Schönheit dieses Wassers, dieser Berge und dieses Himmels.

Ich empfand eine innere Unruhe und das Bedürfnis, in irgendeiner Weise der Überfülle dessen Ausdruck zu geben, was plötzlich meine Seele ergriffen hatte. Ich hatte den Wunsch, in diesem Augenblick jemanden zu umarmen, herzlich zu umarmen, ihn zu kitzeln, zu kneifen, überhaupt mit ihm und mit mir selbst irgendetwas Außerordentliches zu machen.

Es war sieben Uhr abends. Den ganzen Tag hatte es geregnet, jetzt hatte es sich aufgeheitert. Der See, blau wie brennender Schwefel, dehnte sich mit seinen Kähnlein, die wie Punkte aussahen, und mit ihren entschwindenden Spuren, unbeweglich, glatt, wie erhaben vor unseren Fenstern zwischen den bunten, grünen Ufern aus; er zog sich zwischen zwei gewaltige Abhänge eingezwängt und im Dunkel verschwindend hin und schlug an die übereinandergestülpten Berge, Wolken und Gletscher. Im Vordergrunde feuchte, hellgrüne, gleichsam auseinandertretende Ufer mit Schilf, Wiesen, Gärten und Sommerhäuschen, weiterhin die dunkelgrünen, bewachsenen Abhänge mit den Trümmern von Schlössern; im Hintergrunde die zusammenfließenden, bläulich-weißen Gebirgsumrisse mit den sonderbaren felsigen matt leuchtenden Schneegipfeln, alles übertroffen von dem zarten, durchsichtigen Azur der Luft und beleuchtet von den warmen Strahlen des Sonnenunterganges, die durch den zerrissenen Himmel brachen. Aber weder auf dem See, noch auf den Bergen, noch am Himmel war auch nur eine einzige gerade Linie sichtbar, eine einzige bestimmte Farbe, ein einziger ruhiger Punkt; überall Bewegung, Unregelmäßigkeit, Willkür, endlose Mannigfaltigkeit und Wechsel von Schatten und Linien, und in allem die Ruhe, die Weichheit, der Einklang und die

Notwendigkeit des Schönen. Und hier, inmitten der unbestimmten, wirren, freien Schönheit, starrte, gerade unter meinem Fenster, dumm und närrisch die weiße Linie des Quais, die Linden mit ihren Stützen und die grünen Bänkchen – armselige, winzige Werke der Menschenhand, die nicht wie die fernen Landhäuschen und Ruinen in der allgemeinen Harmonie der Schönheit aufgingen, sondern ihr gröblich widersprachen. Beständig haftete mein Blick, ohne dass ich es wollte, auf dieser entsetzlich geraden Linie des Quais, und in Gedanken wollte ich ihn von mir stoßen, fortschaffen wie einen schwarzen Fleck, der einem auf der Nase gerade unter dem Auge sitzt; aber der Quai und die spazierenden Engländer blieben an Ort und Stelle, und ich bemühte mich vergeblich, einen Gesichtspunkt zu finden, von dem aus ich ihn nicht zu sehen brauchte. Ich fand ihn auch, und so schwelgte ich, bis zur Mahlzeit, ganz alleine in dem unvollständigen, aber umso süßer ergötzenden Gefühl, das man empfindet, wenn man in der Einsamkeit die Schönheit der Natur betrachtet.

Um halb acht wurde ich zur Mittagstafel gerufen. In einem großen, prächtig ausgestatteten Zimmer im unteren Stockwerk waren zwei lange Tische gedeckt, zum mindesten hundert Gedecke. Drei Minuten etwa dauerte die wortlose Bewegung der Zusammenkunft der Gäste, das Rauschen der Frauenkleider, leichte Schritte, leise Gespräche mit den höflichen, fein gekleideten Kellnern; alle Plätze wurden von Damen und Herren eingenommen, die sehr schön, sogar reich und überhaupt mit außerordentlicher Sauberkeit gekleidet waren. Wie im Allgemeinen in der Schweiz bildeten den größten Teil der Gäste Engländer, und daher war der Hauptcharakter der allgemeinen Tafel ein strenger, durch die Sitte anerkannter Anstand und ein Mangel an Geselligkeit, der nicht aus dem Stolze hervorging, sondern aus dem geringen Bedürfnis der Annäherung und einer gleichen Genügsamkeit in der bequemen und angenehmen Befriedigung der eigenen Bedürfnisse. Von allen Seiten schimmern die glänzend weißen Spitzen, die glänzend weißen Kragen, die glänzend weißen, echten und unechten Zähne, die glänzend weißen Gesichter und Hände. Aber die Gesichter, von welchen viele sehr schön sind, drücken nur das Bewusstsein des eigenen Wohlbehagens und den gänzlichen Mangel an Teilnahme für die ganze Umgebung aus, wenn sie sich nicht unmittelbar auf die eigene Person bezieht; die glänzend weißen Hände mit den Ringen bewegen sich nur, um den Kragen glattzuziehen, um den Braten zu zerschneiden und den Wein in das Glas zu gießen; keine Seelenregung spiegelt sich in ihren Bewegungen. Familien wechseln von Zeit zu Zeit mit leiser Stimme ein paar Worte über den angenehmen Geschmack einer Speise oder des Weines oder über die schöne Aussicht vom Rigi, einzelne Herren und Damen sitzen nebeneinander, ohne ein Wort zu sprechen, ja ohne sich auch nur einen Blick zuzuwerfen. Wenn von diesen hundert Menschen von Zeit zu Zeit zwei miteinander plaudern, so sprechen sie sicher vom Wetter oder von der Besteigung des Rigi. Messer und Gabeln bewegen sich kaum hörbar auf den Tellern, von den Speisen nimmt man wenig, Erbsen und Obst werden unbedingt mit der Gabel gegessen. Die Kellner, die sich unwillkürlich der allgemeinen Schweigsamkeit fügen, fragen flüsternd, welchen Wein man befiehlt. Bei solchen Mahlzeiten wird mir immer drückend, unbehaglich und am Ende traurig zu Mute. Mir ist dann, als hätte ich eine Schuld begangen und müsste bestraft werden, wie in meiner Kindheit, wo man mich für Unarten auf einen Stuhl setzte und spöttisch zu sagen pflegte: »Nun ruhe dich aus, mein Jungchen«, während in den Adern das junge Blut pocht und im anderen Zimmer das fröhliche Lärmen der Brüder zu hören ist. Früher hatte ich mir Mühe gegeben, mich gegen dieses Gefühl der Beklemmung, das ich bei solchen Mahlzeiten empfand, zu empören, aber vergeblich: Alle diese toten Gesichter

haben auf mich einen unwiderstehlichen Einfluss, und ich werde dann selbst tot wie sie, ich habe keinen Willen, keinen Gedanken, ich beobachte nicht einmal. Anfangs versuchte ich mit den Nachbarn ein Gespräch zu beginnen, aber außer Phrasen, die offenbar zum hunderttausendsten Mal an derselben Stelle und zum hunderttausendsten Mal von derselben Person wiederholt wurden, erhielt ich keine Antwort. Und alle diese Menschen waren doch weder dumm noch gefühllos, viele von diesen erstorbenen Menschen haben sicher ein ebensolches Innenleben wie ich, viele ein weit mannigfaltigeres und merkwürdigeres. Warum also berauben sie sich gegenseitig eines der schönsten Genüsse des Lebens – des Genusses des Verkehrs, des Genusses am Menschen?

Wie anders war es in unserer Pariser Pension, wo wir zwanzig Menschen der verschiedensten Nationen, Berufe und Charaktereigenschaften uns unter dem Einflusse der französischen Geselligkeit an der gemeinsamen Tafel wie zu einem Vergnügen zusammenfanden. Dort gab es sofort von dem einen Ende des Tisches zum anderen eine allgemeine Unterhaltung, reich an Scherzen und Witzen, oft sogar in gebrochener Sprache. Da plauderte jeder ohne Sorge darüber, wie es ihm glücken würde, was ihm gerade einfiel; dort hatten wir unseren Philosophen, unseren Streithahn, unseren Schöngeist, unseren Narren – und alle gehörten allen; dort schoben wir gleich nach der Mahlzeit den Tisch beiseite und tanzten im Takt, aber auch nicht im Takt auf dem staubigen Teppich Polka bis zum späten Abend; dort waren wir vielleicht ein wenig kokette, nicht gerade sehr vernünftige und ehrwürdige Menschen, aber wir waren doch Menschen. Die spanische Gräfin mit ihren romantischen Abenteuern, der italienische Abbate, der nach der Mahlzeit die Göttliche Komödie vortrug, der amerikanische Doktor, der zu den Tuilerien Zutritt hatte, der junge Dramatiker mit dem langen Haar, die Pianistin, die, wie sie selbst sagte, die schönste Polka der Welt komponiert hatte, die unglückliche, schöne Witwe mit ihren drei Ringen an jedem Finger, wir verkehrten alle miteinander in menschlicher, wenn auch oberflächlicher, aber doch freundschaftlicher Weise und nahmen einer vom andern teils flüchtige, teils tiefere herzliche Erinnerungen mit. Bei den englischen Tables d'hôtes aber denke ich oft, wenn ich all diese Spitzen, Bänder, Ringe, pomadisierten Köpfe und seidenen Kleider sehe: Wie viel lebendige Frauen würden mit diesem Putz glücklich sein und wie viele andere Menschen würden sie damit glücklich machen! Es ist sonderbar, daran zu denken, wie viel Freunde und Liebende – höchst glückliche Freunde und Liebende – da vielleicht nebeneinander sitzen, ohne es zu wissen. Und Gott weiß, warum sie dies nicht erfahren und warum einer dem andern nicht das Glück gibt, das sie so leicht einander geben könnten und nach dem sie so sehr begehren.

Mir wurde traurig zu Mute, wie stets nach solchen Mahlzeiten, und ohne den Nachtisch abzuwarten, entfernte ich mich in der trübsten Gemütsstimmung, um in der Stadt umherzuschlendern. Die engen schmutzigen Straßen ohne Beleuchtung, die geschlossenen Läden, das Zusammentreffen mit betrunkenen Arbeitern und Weibern, welche Wasser holten oder, sich beständig umschauend, durch die Gassen huschten, vertrieben nicht nur meine traurige Stimmung nicht, sondern verstärkten sie noch. Draußen war es schon ganz dunkel, als ich, ohne mich weiter umzusehen und ohne einen bestimmten Gedanken, nach Hause ging, weil ich hoffte, mich durch den Schlaf von der düsteren Stimmung zu befreien. Mir war entsetzlich, herzenskalt, einsam und drückend zu Mute, wie es wohl ohne ersichtliche Ursachen vorkommt, wenn man an einen neuen Ort übersiedelt.

Ich sah immer nur vor mich hin und ging so die Uferstraße entlang auf den Schweizerhof zu, als plötzlich die Töne einer sonderbaren, aber außerordentlich angenehmen, lieblichen Musik mein Ohr trafen. Diese Töne wirkten im Augenblick belebend auf mich, als wäre ein heller, heiterer Sonnenschein in meine Seele gefallen. Mir ward wohl und heiter. Meine schlummernde Empfänglichkeit richtete sich wieder auf, alles, was mich umgab, die Schönheit der Nacht und des Sees, gegen die ich vorher gleichgültig gewesen war, entzückten mich plötzlich wie etwas Neues. Unwillkürlich vermochte ich in einem Augenblick alles in mich aufzunehmen: den bewölkten Himmel mit den grauen Flöckchen auf dem dunklen Blau, das von dem emposteigenden Mond beleuchtet war, den dunkelgrünen, glatten See mit den Flämmchen, die sich in seinem Wasser widerspiegelten, die nebelumflossenen Berge in der Ferne, das Quaken der Frösche aus Fröschenburg und den taufrischen Schlag der Wachteln vom Ufer drüben. Unmittelbar vor mir aber, an der Stelle, von der die Töne kamen und auf welche meine Aufmerksamkeit besonders gerichtet war, erblickte ich im Halbdunkel mitten in der Straße eine Menge Volks, die sich im Halbkreis drängten, und vor der Menge in einiger Entfernung einen winzigen kleinen Mann in schwarzer Kleidung. Hinter der Menge und dem Mann erhoben sich in den dunklen, grauen und blauen, zerrissenen Himmel einige schwarze Pappeln schlank in die Luft, und zu den beiden Seiten der altertümlichen Domkirche ragten majestätisch zwei ernste Turmspitzen zum Himmel.

Ich trat näher heran, die Töne wurden heller; ich unterschied deutlich die fernen, süß in der Abendluft sich wiegenden Akkorde einer Gitarre und einige Stimmen, die, einander ablösend, nicht ein Thema sangen, sondern in eigener Weise nur die Hauptstellen anschlugen und so das Thema erkennen ließen. Das Thema war eine Art liebliche und anmutige Mazurka. Die Stimmen schienen bald nahe, bald ferne zu sein; bald ertönte ein Tenor, bald ein Bass, bald ein Fistelton mit rollenden tirolischen Jodlern. Es war kein Lied, es war eine leicht hingeworfene, meisterhafte

Skizze eines Liedes. Ich konnte nicht begreifen, was es sein sollte. Aber es war sehr schön. Die wollüstigen, schwachen Akkorde der Gitarre, die liebliche, leichte Melodie und die einsame kleine Gestalt des schwarzen Männleins inmitten der phantastischen Umgebung des dunklen Sees, des hindurchschimmernden Mondes, des schweigsamen, gen Himmel ragenden Turmes und der schwarzen Pappelreihen, alles war so sonderbar, aber so unaussprechlich schön oder erschien mir doch so.

Alle die wirren, unwillkürlichen Eindrücke des Lebens erhielten für mich plötzlich Bedeutung und Reiz. Mir war, als wäre in meiner Seele eine frische, duftige Blume aufgeblüht; statt der Müdigkeit, der Zerstreutheit, der Gleichgültigkeit gegen alles in der Welt, die ich einen Augenblick empfunden hatte, fühlte ich plötzlich ein Bedürfnis nach Liebe, eine Fülle von Hoffnungen und eine grundlose Lebensfreude. Was kann man noch verlangen, was noch begehren – sprach es leise in meiner Brust –, da ist sie und umgibt dich von allen Seiten, die Schönheit und die Poesie. Sauge sie mit vollen großen Zügen in dich ein, genieße sie, soweit deine Kraft reicht. – Was kannst du noch begehren? Alles ist da, alle Glückseligkeit ...

Ich trat näher heran. Das kleine Männlein war, wie mir schien, ein umherziehender Tiroler. Er stand vor dem Fenster des Gasthofes, den einen Fuß vorgestellt, den Kopf zurückgeworfen, klimperte mit seiner Gitarre und sang mit verschiedenen Stimmen ein anmutiges Lied. Ich empfand sofort Neigung zu dem kleinen Manne und Dankbarkeit für die Wandlung, die er in mir hervorgerufen hatte. Der Sänger trug, soviel ich sehen konnte, einen alten, schwarzen Rock, er hatte schwarzes, kurzes Haar und eine ganz bürgerliche, einfache, alte Mütze auf dem Kopfe. Seine Kleidung hatte nichts Künstlerartiges, aber die nachlässige, kindlich heitere Pose und seine Gebärden bildeten mit seinem kleinen Wuchse ein rührendes und zugleich ergötzliches Schauspiel. Auf der Freitreppe, an den Fenstern und auf dem Balkon des prächtig erleuchteten Gasthofes standen die Damen in glänzendem Schmuck und in ihren üppigen Kleidern, die Herren mit den glänzenden Kragen, der Pförtner und die Lakaien in den goldgestickten Livreen; auf der Straße stand die Menge im Halbkreis, und weiterhin auf dem Quai unter den Linden hatten sich die vornehm gekleideten Kellner, die Köche mit den weißen Mützen und Schürzen und junge Mädchen, die Arm in Arm lustwandelten, versammelt; alle schienen dasselbe Gefühl zu haben, das ich empfand. Alle standen schweigend um den Sänger herum und lauschten ihm aufmerksam. Rings herrschte Stille, nur in den Zwischenpausen des Liedes hörte man in weiter Ferne über den See herüber den Ton eines Hammers, und von Fröschenburg kamen in abgerissenen Trillern die Stimmen der Frösche herüber, übertönt von dem feuchten, eintönigen Schlag der Wachteln.

Das kleine Männlein in der Dunkelheit inmitten der Straße schwärmte wie eine Nachtigall Strophe um Strophe, Lied um Lied. Obgleich ich ganz nahe an ihn herangetreten war, hörte sein Gesang nicht auf, mir großes Vergnügen zu bereiten. Seine kleine Stimme war ungewöhnlich angenehm, und die Zartheit, der Geschmack und das rhythmische Gefühl, mit welchem er seiner Stimme gebot, waren außerordentlich und ließen an ihm eine große natürliche Begabung erkennen. Den Abgesang jeder Strophe sang er immer anders, und man konnte erkennen, dass all diese anmutigen Variationen mühelos und aus dem Stegreif kamen.

In der Menge – sowohl oben im Schweizerhof als auch unten auf dem Damme – hörte man häufig ein beifälliges Flüstern, es herrschte ein achtungsvolles Schweigen. Auf den Balkonen und an den Fenstern nahm die Zahl der geputzten, malerisch im Glanze der Lichter des Hauses an das Geländer gelehnten Frauen immer mehr zu. Die Lustwandelnden blieben stehen, und auf der Uferstraße standen überall unter den Linden Männer und Frauen in Gruppen. In meiner Nähe standen, in einiger Entfernung von der großen Menge, ein aristokratischer Koch und ein Lakai und rauchten ihre Zigarren. Der Koch empfand den Zauber der Musik mächtig, bei jedem hohen Fistelton nickte er dem Lakaien mit dem ganzen Kopfe entzückt, erstaunt zu und stieß ihn mit dem Ellbogen, als wollte er sagen: Wie der singen kann, he? Der Lakai, aus dessen breitem Lächeln ich ersehen konnte, welchen Genuss er empfand, antwortete auf die Püffe des Kochs mit einem Achselzucken, welches bedeuten sollte, ihn könne man nicht so leicht in Erstaunen setzen, er habe schon bedeutend Schöneres gehört.

In einer Pause, als der Sänger hustete, fragte ich den Lakaien, wer er sei und ob er oft herkäme.

»Zweimal im Jahr kommt er«, antwortete der Lakai, »er ist aus dem Aargau, er bettelt sich so durch.«

»Wie? Ziehen viele solcher Leute herum?«, fragte ich.

»Gewiss«, antwortete der Lakai, der nicht gleich verstanden hatte, wonach ich fragte; als er aber meine Frage begriffen hatte, fügte er hinzu: »O nein, jetzt sehe ich nur diesen einen, mehr gibt es nicht.«

In diesem Augenblicke hatte das kleine Männlein das erste Lied beendet, warf gewandt seine Gitarre zurück und sprach etwas in seiner deutschen Mundart, was ich nicht verstehen konnte, was aber bei der herumstehenden Menge lautes Lachen hervorrief.

»Was sagt er denn?«, fragte ich.

»Er sagt, die Kehle sei ihm trocken, er würde gern Wein trinken«, erklärte mir der Lakai, der neben mir stand.

»Wie, er trinkt wohl gern Wein?«

»Das tun sie alle gern«, antwortete der Lakai lächelnd und mit einer Handbewegung gegen ihn.

Der Sänger nahm seine Mütze ab, schwang seine Gitarre und ging auf das Haus zu. Er warf den Kopf zurück und wandte sich an die Herrschaften, die an den Fenstern und auf den Balkonen standen. »Messieurs et mesdames«, sagte er mit halb italienischer, halb deutscher Betonung und in dem Tonfall, in welchem Gaukler ihr Publikum anzusprechen pflegen, »Si vous croyez, que je gagne quelque chose, vous vous trompez; je ne suis qu'un pauvre diable.« Er hielt inne und schwieg eine Weile, da ihm aber niemand etwas gab, warf er wieder die Gitarre um und sagte: »A présent, messieurs et mesdames, je vous chanterai l'air du Righi.« Das Publikum oben schwieg, blieb aber stehen und wartete das folgende Lied ab; unten in der Menge lachte man wohl, weil er sich so komisch ausgedrückt hatte, vielleicht auch, weil man ihm nichts gegeben hatte. Ich gab ihm einige Centimes, er ließ sie gewandt von einer Hand in die andere gleiten, schob sie in die Westentasche, setzte seine Mütze auf und begann wieder das anmutige, liebliche Tiroler Lied zu singen, das er *l'air du Righi* genannt hatte. Dieses Lied, das er für den Schluss gelassen hatte, war noch schöner als all die vorhergegangenen, und von allen Seiten hörte man in der immer wachsenden Menge Laute des Beifalls. Er hatte das Lied beendet. Wieder schwang er seine Gitarre, wieder nahm er die Mütze, streckte sie vor sich hin, näherte sich auf zwei Schritte den Fenstern und sagte wieder seine unverständliche Phrase: »Messieurs et mesdames, si vous croyez, que je gagne quelque chose« – die er offenbar für sehr geistreich und witzig hielt; in seiner Stimme und seinen Bewegungen aber beobachtete ich jetzt eine gewisse Unentschlossenheit und kindliche Scheu, die bei seiner winzigen Gestalt etwas besonders Rührendes hatten. Das vornehme Publikum stand noch immer so malerisch im Scheine der Lampen auf den Balkonen und an den Fenstern und ebenso glänzend in seiner kostbaren Kleidung. Die einen plauderten gesittet und artig miteinander, offenbar über den Sänger, der mit ausgestreckter Hand vor ihnen stand, andere blickten aufmerksam und neugierig hinunter auf die kleine schwarze Gestalt; auf einem der Balkone ertönte das wohlklingende und fröhliche Lachen eines jungen Mädchens. In der Menge unten wurden die Reden und das Gespött immer lauter und lauter. Der Sänger betete zum dritten Male seinen Spruch her, jetzt mit noch schwächerer Stimme, ja, er brachte ihn nicht einmal zu Ende und streckte wieder die Hand mit der Mütze aus, ließ sie aber sofort sinken. Und auch dieses Mal warf ihm nicht ein Einziger von diesen Hunderten glänzend gekleideter Leute, die sich herangedrängt hatten, um ihm zuzuhören, auch nur einen Heller zu. Die Menge lachte mitleidslos. Der kleine Sänger schien förmlich noch kleiner zu werden, er nahm seine Gitarre in die andere Hand, hielt seine Mütze über den Kopf und sagte: »Messieurs et mesdames, je vous remercie et je vous souhaite une bonne nuit«, und setzte seine Mütze auf. Die Menge brach in ein lautes jubelndes Lachen aus. Von den Balkonen verschwanden die schönen Herren und Damen allmählich in ruhigem Geplauder. Auf den Boulevards begann die Promenade wieder von neuem. Die Straße, die während des Gesanges verstummt war, belebte sich wieder; nur einige Menschen beobachteten den Sänger, ohne an ihn heranzutreten, aus der Entfernung und lachten. Ich hörte, wie das kleine Männlein etwas in seinen Bart brummte, sich umwandte und, als wäre er noch kleiner geworden, mit schnellen Schritten auf die Stadt zuging. Die fröhlichen Spaziergänger, die ihn beobachteten, folgten ihm in einiger Entfernung und lachten.

Ich wusste gar nicht, was ich aus all dem machen sollte, ich begriff nicht, was es bedeutete, und schaute, an eine Stelle gebannt, gedankenlos in die Dunkelheit auf das winzige Männlein, das sich in der Ferne verlor und mit Riesenschritten auf die Stadt zuging, und auf die lachenden Spaziergänger, die ihm folgten.

Ich empfand ein Gefühl des Schmerzes, der Bitterkeit und vor allem der Scham für das kleine Männlein, für die Menge, für mich selbst, als hätte ich um Geld gebeten, als hätte man mir nichts gegeben und über mich gelacht. Und ich ging auch, ohne mich umzusehen, beklommenen Herzens mit schnellen Schritten nach Hause, auf die Freitreppe des Schweizerhofes zu. Ich konnte mir noch immer keine Rechenschaft geben von dem, was ich empfand, ich wusste nur, dass etwas Drückendes, Ungelöstes meine Seele erfüllte und mich umklammert hielt.

In dem prächtigen, erleuchteten Tore begegneten mir der Pförtner, der höflich beiseitetrat, und eine englische Familie. Der stämmige, schöne, hochgewachsene Mann mit dem schwarzen, englischen Backenbart, dem schwarzen Hut, das Plaid über dem Arm, einen kostbaren Spazierstock in der Hand, führte lässig und selbstbewusst eine Dame am Arm, in einem auffälligen Seidenkleid, einem Häubchen mit schillernden Bändern und prachtvollen Spitzen. An ihrer Seite ging ein hübsches, frisches junges Mädchen, in einem anmutigen Schweizerhut mit einer Feder à la mousquetaire, unter dem die weichen, langen, hellblonden Locken um ihr weißes Gesicht herabfielen. Vor ihnen sprang ein zehnjähriges, rotwangiges Mädchen einher, mit vollen weißen Knien, die unter zarten Spitzen hervorblickten.

»Eine wundervolle Nacht«, sagte die Dame mit süßer, glückerfüllter Stimme, gerade als ich vorüberging.

»Oh«, brummte der Engländer träg vor sich hin. Ihm schien in der Welt so wohl zu sein, dass er selbst zum Sprechen keine Lust hatte. Und ihnen allen schien das Leben auf Erden so friedlich, so behaglich, so rein und licht zu sein, aus ihren Gebärden und ihren Zügen sprach eine solche Gleichgültigkeit gegen alles fremde Leben und eine solche Überzeugtheit davon, dass der Pförtner ihretwegen beiseitegetreten und sie gegrüßt habe und dass sie, wenn sie heimkommen, ein sauberes ruhiges Bett und Zimmer finden würden, und dass alles dies so sein müsse, und dass sie auf alles dies ein Recht hätten – dass ich plötzlich unwillkürlich den herumziehenden Sänger mit ihnen verglich, der müde, vielleicht hungrig, beschämt jetzt der lachenden Menge entflohen war, begriff, welches der schwere Stein war, der auf meinem Herzen lag, und einen unaussprechlichen Zorn gegen diese Menschen empfand. Ich schritt zweimal an dem Engländer, hin und zurück, vorüber, wich ihm beide Male nicht aus und stieß ihn mit unsagbarem Genuss mit dem Ellenbogen. Dann ging ich die Treppe herab und eilte in der Dunkelheit auf die Stadt zu in der Richtung, in der das kleine Männchen verschwunden war.

Ich begegnete einer Gruppe von drei Leuten und fragte sie, wo der Sänger sei. Sie lachten und zeigten ihn mir. Er war vor uns. Er ging allein mit schnellem Schritt, niemand hatte sich ihm genähert – er schien noch immer zornig vor sich hin zu brummen. Ich holte ihn ein und schlug ihm vor, noch irgendwohin zu gehen und mit mir eine Flasche Wein zu trinken. Er ging immer noch in demselben Schritt und sah mich mürrisch an; als er aber begriffen hatte, um was es sich handelte, blieb er stehen.

»Gut, das nehme ich an, wenn Sie so freundlich sind«, sagte er. »Gleich hier ist ein kleines Kaffeehaus, hier kann man hinein – ein einfaches«, fügte er hinzu und zeigte auf eine Trinkstube, die noch offen war.

Das Wort »ein einfaches« brachte mich unwillkürlich auf den Gedanken, nicht in ein einfaches Kaffeehaus zu gehen, sondern in den Schweizerhof, wo die Menschen waren, welche seinem Gesange zugehört hatten. Obgleich er in scheuer Erregung einige Male den Schweizerhof abgelehnt hatte, indem er meinte, es sei dort viel zu fein, bestand ich doch darauf. Er tat nun, als ob er nicht im mindesten verlegen sei, schwang fröhlich seine Gitarre und ging mit mir zurück über die Uferstraße. Einige müßige Spaziergänger waren gleich, als ich auf den Sänger zugetreten war, langsam herangekommen, sie hatten gehört, was ich mit ihm gesprochen, und folgten uns jetzt in lebhaftem Gespräch bis zu der Freitreppe, wahrscheinlich, weil sie von dem Tiroler irgend eine Vorstellung erwarteten.

Ich bestellte bei einem Kellner, der mir im Flur begegnete, eine Flasche Wein. Der Kellner lächelte, warf uns einen Blick zu, antwortete kein Wort und rannte vorüber. Der Oberkellner, an den ich mich mit derselben Bitte wandte, hörte mir ernsthaft zu, betrachtete die scheue, kleine Gestalt des Sängers von Kopf bis Fuß und sagte dann in strengem Tone zu dem Pförtner, man solle uns in den Saal zur Linken führen. Dieser Saal zur Linken war die Trinkstube für das Volk. In der Ecke dieses Zimmers wusch ein buckliges Mädchen das Geschirr, und die ganze Einrichtung bestand aus nackten Holztischen und Holzbänken. Der Kellner, der eingetreten war, um uns zu bedienen, sah uns mit einem herablassenden, spöttischen Lächeln an, steckte die Hände in die Taschen und führte mit der buckligen Geschirrwäscherin ein Gespräch. Er wollte uns offenbar merken lassen, dass er sich in seiner gesellschaftlichen Stellung und seinem Werte unermesslich über den Sänger erhaben fühlte und dass es für ihn nicht nur nicht beleidigend, sondern wahrhaft belustigend sei, uns zu bedienen.

»Wünschen Sie Landwein«, sagte er und blinzelte mir mit einem vielsagenden Blick auf meinen Genossen zu, indem er seine Serviette von einer Hand in die andere gleiten ließ.

»Champagner, und vom besten«, sagte ich und bemühte mich, eine recht stolze, würdevolle Haltung anzunehmen. Aber weder der Champagner noch meine vermeintlich stolze und würdevolle Haltung machten Eindruck auf den Diener: Er lachte, stand eine Weile da, betrachtete uns, sah recht gemächlich auf seine goldene Uhr und ging mit langsamen Schritten aus dem Zimmer, als ob er spazieren ginge. Bald kam er mit dem Wein und in Begleitung zweier anderer Lakaien zurück. Zwei von ihnen setzten sich zu der Geschirrwäscherin und ergötzten sich mit fröhlicher Aufmerksamkeit und einem freundlichen Lächeln in »den Zügen« an unserem Anblick, wie Eltern sich an lieben Kindern ergötzen, die artig spielen. Nur die bucklige Küchenmagd schien uns nicht spöttisch, sondern mit Teilnahme zu beobachten. Obgleich die Unterhaltung und die Bewirtung des Sängers mir sehr schwer und unbehaglich waren unter diesen Lakaienblicken, gab ich mir doch alle Mühe, so unbefangen wie möglich zu bleiben. In der Beleuchtung konnte ich ihn besser beobachten. Er war ein sehr kleiner, proportioniert gebauter, muskulöser Mann, nahezu ein Zwerg, mit borstigem, schwarzem Haar, beständig tränenden, großen, schwarzen Augen ohne Wimpern und mit einem außerordentlich angenehmen, reizend geformten Mündchen. Er trug einen kleinen Backenbart, sein Haar war kurz, seine Kleidung äußerst einfach und ärmlich. Er war unsauber, abgerissen, verbrannt und hatte im Allgemeinen das Aussehen einen notleidenden Menschen. Er hatte mehr Ähnlichkeit mit einem armen Händler als mit einem Künstler, nur in seinen beständig feuchten, glänzenden Augen und dem zusammengekniffenen Mündchen lag etwas Originelles und Rührendes. Dem Äußern nach hätte man ihn so gut auf 25 wie auf 40 Jahre schätzen können, in Wirklichkeit war er 38 Jahre alt.

Er erzählte mir mit gutmütiger Bereitwilligkeit und sichtbarer Aufrichtigkeit Folgendes aus seinem Leben: Er stammte aus dem Aargau. Schon als Kind hatte er Vater und Mutter verloren, andere Verwandte hatte er nicht. Vermögen hatte er nie besessen. Er hatte die Tischlerei erlernt, aber vor 22 Jahren hatte er den Knochenfraß in die Hand bekommen, und das hatte ihm die Arbeitsfähigkeit genommen. Er hatte aber von Jugend auf Neigung zum Gesang gehabt, und so begann er zu singen. Die Fremden gaben ihm manchmal ein paar Groschen. Er machte seinen Beruf daraus, kaufte sich eine Gitarre, und so zieht er nun das achtzehnte Jahr durch die Schweiz und Italien und singt vor den Gasthäusern. Sein ganzes Gepäck ist die Gitarre und das Beutelchen, in dem er augenblicklich nur anderthalb Francs habe, die er heute für sein Nachtquartier und Abendbrot brauche. Alljährlich, schon das achtzehnte Mal, durchwandert er alle besser besuchten Orte der Schweiz: Zürich, Luzern, Interlaken, Chamonix usw. Über den St. Bernhard geht er nach Italien und kommt über den St. Gotthard und durch Savoyen zurück. Augenblicklich fällt ihm das Herumziehen schwer, weil er sich erkältet und einen Schmerz in den Füßen hat, den er Gliedersucht nennt, einen Schmerz, der mit jedem Jahre zunimmt, und weil seine Augen und seine Stimme schwächer werden. Trotzdem begäbe er sich jetzt nach Interlaken, Aix-les-Bains und über den kleinen St. Bernhard nach Italien, das er ganz besonders gern habe; er scheint im Allgemeinen mit seinem Leben sehr zufrieden zu sein. Als ich ihn fragte, warum er in die Heimat zurückkehre, ob er da Verwandte, ein Haus oder ein Stückchen Land besitze, zog sich sein kleiner Mund wie ein gefalteter Stoff zu einem Lächeln zusammen, und er antwortete mir: »Oui, le sucre est bon, il est doux pour les enfants!« – und blinzelte den Lakaien zu. Ich verstand kein Wort, in der Gruppe der Lakaien lachte man.

»Nichts von alledem; würde ich sonst so herumziehen?«, erklärte er mir. – »Ich kehre immer wieder nach Hause zurück, weil es einen doch immer nach der Heimat zieht.«

Und er wiederholte noch einmal mit einem verschmitzt selbstgefälligen Lächeln die Wendung: »Oui, le sucre est bon« – und lachte gutmütig. Die Lakaien waren sehr vergnügt und lachten laut, nur die bucklige Magd am Waschfass betrachtete das kleine Männlein ernst mit ihren großen, guten Augen und hob ihm die Mütze auf, die während des Gesprächs von der Bank gefallen war. Ich habe die Beobachtung gemacht, dass herumziehende Sänger,

Akrobaten, ja sogar Gaukler sich gern Künstler nennen. Darum spielte ich auch meinem Nachbarn gegenüber darauf an, dass er ein Künstler sei. Aber er nahm diesen Vorzug gar nicht für sich in Anspruch, sondern betrachtete sein Geschäft sehr einfach als ein Erwerbsmittel. Als ich ihn fragte, ob er die Lieder, die er singe, selbst mache, wunderte er sich über die seltsame Frage und antwortete: »Ei woher, es sind ja alles alte Tiroler Lieder.«

»Aber das Lied vom Rigi ist doch nicht alt«, sagte ich.

»O, das ist schon vor fünfzehn Jahren entstanden. Ein Deutscher in Basel – ein sehr kluger Mann! – hat es gemacht. Ein vortreffliches Lied. Er hat es, müssen Sie wissen, für Reisende gemacht.«

Und er begann den Wortlaut des Liedes vom Rigi, das ihm so sehr gefiel, herzusagen, indem er ihn ins Französische übersetzte:

»Willst du auf den Rigi gehen,
Brauchst bis Weggis keine Schuhe,
(Weil man mit dem Dampfer fährt).
Dann von Weggis nimm dir einen Stab.
Auch ein Mädchen nimm dir untern Arm,
Kehre ein und trink ein Gläschen Wein.
Aber trinke nur nicht allzu viel;
Denn wer trinken will, muss den Wein verdienen ...«

»O, ein trefflich Lied!«, schloss er.

Die Lakaien fanden wahrscheinlich das Lied sehr hübsch, denn sie waren näher herangetreten.

»Und wer hat die Musik gemacht?«, fragte ich.

»O, niemand! Um vor den Fremden zu singen, müssen Sie wissen, braucht man etwas Neues.«

Als man uns das Eis brachte und ich meinem Genossen ein

Glas Champagner eingoss, wurde ihm offenbar unbehaglich zu Mute. Er sah die Lakaien an und rückte auf der Bank hin und her. Wir stießen auf die Gesundheit der Künstler an.

Er trank ein ganzes Glas und hielt es für nötig, in Gedanken zu versinken und tiefsinnig die Augenbrauen zu heben.

»Schon lange habe ich solchen Wein nicht getrunken, je ne vous dis que ça. In Italien ist der Asti vortrefflich, aber dieser ist noch besser. Ach Italien! ... Herrlich ist das Leben dort!«, fügte er hinzu.

»Ja, dort weiß man die Musik und die Künstler zu schätzen«, sagte ich, denn ich wollte ihn auf den Misserfolg vom heutigen Abend vor dem Schweizerhofe bringen.

»Nein«, antwortete er, »in der Musik kann ich dort niemandem Genüge tun. Die Italiener sind selbst Musiker, wie es keine mehr auf Erden gibt; nur mit meinen Tiroler Liedern geht es noch. Die sind ihnen etwas Neues.«

»Nun, sind die Herrschaften dort freigebiger?«, fuhr ich fort, denn ich wollte ihn veranlassen, meinen Zorn gegen die Bewohner des Schweizerhofes zu teilen. »Dort kommt es wohl nicht vor, wie hier, dass in einem ungeheuren Gasthaus, in dem reiche Leute wohnen, hundert Menschen einem Künstler lauschen und ihm nichts geben?«

Meine Frage wirkte keineswegs, wie ich erwartet hatte. Es war ihm gar nicht in den Sinn gekommen, den Leuten böse zu sein; im Gegenteil, in meiner Bemerkung sah er einen Vorwurf gegen sein Talent, das nicht vermocht hatte, eine Belohnung zu erringen, und er bemühte sich, das vor mir zu entschuldigen.

»Nicht allemal bekommt man viel«, antwortete er; »zuweilen ist auch die Stimme matt, man ist müde – ich bin doch heute neun Stunden gegangen und habe fast den ganzen Tag gesungen. Schweres Ding! Und die vornehmen Aristokraten ... haben manchmal auch keine Lust, Tiroler Lieder zu hören.«

»Aber trotzdem, wie kann man nichts geben?«, wiederholte ich.

Er verstand meine Bemerkung nicht.

»Das macht es nicht«, sagte er, »die Hauptsache ist, on est très serré pour la police hier zu Lande; hier erlaubt man uns nach den republikanischen Gesetzen nicht zu singen. In Italien kann man singen, so viel einem beliebt, kein Mensch sagt einem ein Wörtchen. Hier, wollen sie es einem erlauben, so erlauben sie es, wollen sie nicht, so können sie einen ins Gefängnis sperren.«

»Wie ist das möglich?«

»Gewiss, wenn man jemanden einmal verwarnt hat und er noch einmal singt, kann man ihn ins Gefängnis sperren. Ich habe schon drei Monate gesessen«, sagte er lächelnd, als wäre dies eine seiner angenehmsten Erinnerungen.

»Ach, das ist schrecklich«, sagte ich. »Wofür denn?«

»Das ist hier so nach den neuen republikanischen Gesetzen«, fuhr er immer lebhafter fort. »Sie wollen nicht einsehen, dass auch ein armer Teufel sein Leben fristen muss. Wäre ich kein Krüppel, so würde ich arbeiten. Und dass ich singe, tut es etwa jemandem Schaden? Was soll das heißen? Die Reichen können leben, wie sie wollen, un pauvre tiaple, wie ich, soll auch nicht mehr leben können? Was sind das für republikanische Gesetze? Wenn es so steht, wollen wir keine Republik … Wir wollen einfach … wir wollen« – er stockte einen Augenblick –, »wir wollen natürliche Gesetze.«

Ich goß ihm wieder das Glas voll.

»Sie trinken nicht«, sagte ich zu ihm.

Er nahm das Glas zur Hand und verneigte sich gegen mich.

»Ich weiß, was Sie wollen«, sagte er, kniff die Augen zusammen und drohte mir mit dem Finger. »Sie wollen mir einen Rausch beibringen und dann sehen, was aus mir wird; aber nein, das wird Ihnen nicht gelingen.«

»Warum sollte ich Sie berauschen wollen?«, sagte ich. »Ich möchte Ihnen nur ein Vergnügen bereiten.«

Es tat ihm gewiss leid, dass er mich beleidigt hatte durch die hässliche Auslegung meiner Absicht. – Er war verlegen, erhob sich und ergriff mich am Ellenbogen.

»Nein, nein«, sagte er, und seine feuchten Augen sahen mich mit einem flehenden Ausdruck an; »ich habe das nur so im Scherz gesagt.«

Und gleich darauf leierte er irgendeine entsetzlich wirre und gekünstelte Redensart her, welche besagen sollte, dass ich doch ein guter Kerl sei.

»Je ne vous dis que ça,« schloss er.

Solcher Art fuhren wir fort zu plaudern und zu trinken, und die Lakaien hörten nicht auf, sich ungeniert an unserem Anblick zu ergötzen und, wie es schien, über uns lustig zu machen. Trotz meiner fesselnden Unterhaltung konnte mir das nicht entgehen, und ich muss gestehen, ich ärgerte mich immer mehr und mehr darüber. Einer von ihnen hatte sich erhoben, war an das kleine Männlein herangetreten, sah ihm gerade auf den Scheitel und begann zu lächeln.

Ich hatte schon einen tüchtigen Vorrat von Zorn gegen die Bewohner des Schweizerhofes bereit, den ich noch an niemandem hatte auslassen können, und dieses Lakaienpublikum regte mich, ich muss es gestehen, gerade recht dazu an. Der Pförtner trat ins Zimmer, ohne die Mütze abzunehmen, und setzte sich mit aufgestemmten Ellbogen neben mich an den Tisch. Dieser letztere Umstand reizte meine Eigenliebe oder meine Eitelkeit, er brachte mich zum Äußersten und ließ den unterdrückten Zorn zum Ausbruch kommen, der sich den ganzen Abend in mir angesammelt hatte. Warum grüßte er mich im Tor, als ich allein war, ehrerbietig und macht sich jetzt, weil ich mit dem herumziehenden Sänger dasitze, in grober Weise neben mir breit? Meine

Brust glühte von dem heißen Zorn der Entrüstung, den ich gern bei mir sehe, ja sogar anfache, wenn er über mich kommt, weil er beruhigend auf mich wirkt und mir wenigstens auf kurze Zeit eine außerordentliche Geschmeidigkeit, Energie und Kraft aller physischen und moralischen Fähigkeiten gibt.

Ich sprang von meinem Platze auf.

»Warum lachen Sie«, schrie ich den Lakaien an, und ich fühlte, wie mein Gesicht blass wurde und meine Lippen unwillkürlich bebten.

»Ich lache nicht, nur so«, antwortete der Lakai und zog sich von mir zurück.

»Nein, sie lachen über diesen Herrn, und welches Recht haben Sie, dazubleiben und hier sitzen zu bleiben«, schrie ich.

Der Pförtner brummte etwas vor sich hin, stand auf und ging zur Tür.

»Welches Recht haben Sie, über diesen Herrn zu lachen und neben ihm zu sitzen, während er Gast ist und Sie ein Lakai sind? Warum haben Sie heute bei Mittag nicht über mich gelacht und sich nicht neben mich gesetzt? Etwa weil er ärmlich gekleidet ist und auf der Straße singt? – etwa darum? – und weil ich einen feinen Rock habe? Er ist arm, aber tausendmal besser als Sie, davon bin ich überzeugt, denn er beleidigt niemanden, und Sie beleidigen ihn.«

»Ich habe gar nicht gelacht, was wollen Sie!«, antwortete mein Feind, der Lakai schüchtern. »Hindere ich ihn vielleicht, hier zu sitzen?«

Der Lakai hatte mich nicht verstanden, und meine deutschen Reden waren nutzlos gewesen. Der grobe Pförtner wollte sich des Lakaien annehmen, aber ich fiel so stürmisch über ihn her, dass auch der Pförtner tat, als ob er mich nicht verstünde, und nur eine Bewegung mit der Hand machte. Die bucklige Küchenmagd am Waschfass nahm meine Partei. Ob sie meine wütende Stimmung bemerkt hatte und einen Skandal befürchtete oder ob sie meine Ansicht teilte, sie versuchte, zwischen mir und dem Pförtner zu vermitteln, redete ihm zu, still zu sein, weil ich recht hätte, und bat mich, mich zu beruhigen. »Der Herr hat recht; Sie haben recht«, sagte sie. Der Sänger machte ein ganz jämmerliches, erschrecktes Gesicht und bat mich, weil er offenbar nicht verstand, warum ich im Zorn war und was ich wollte, sobald als möglich fortzugehen. Aber in meiner Brust ward die wütende Redseligkeit immer mehr entfacht. Alles trat in meine Erinnerung, die Menge, die ihn verlacht hatte, die Zuhörer, die ihm nichts gegeben hatten, und um nichts in der Welt wollte ich mich beruhigen. Ich meine, wenn die Kellner und der Pförtner nicht so nachgiebig gewesen wären, ich hätte mich mit Wonne mit ihnen gehauen, oder ich hätte meinen Stock einem wehrlosen englischen Mädchen über den Kopf geschlagen. Wäre ich in diesem Augenblicke in Sewastopol gewesen, ich hätte mich mit Wonne gegen die englische Front auf Hieb und Stich gestürzt.

»Und warum haben Sie mich und diesen Herrn in diesen und nicht in jenen Saal geführt, he?«, fragte ich den Pförtner weiter, indem ich ihn am Arme ergriff, damit er mir nicht entwische. »Mit welchem Recht haben Sie nach dem Äußeren bestimmen dürfen, dass dieser Herr in diesen und nicht in jenen Saal gehört? Sind nicht in dem Gasthofe alle Leute gleich, die zahlen – nicht bloß in einer Republik, sondern in der ganzen Welt? Eure lausige Republik! … Schöne Gleichheit! Die Engländer hätten Sie nicht gewagt in dieses Zimmer zu bringen, dieselben Engländer, welche diesem Herrn gelauscht haben, d. h. die ihm jeder einige Centimes gestohlen haben, die sie ihm hätten geben müssen. Wie haben Sie es wagen können, uns diesen Saal anzuweisen?«

»Der andere Saal ist zugeschlossen«, antwortete der Pförtner.

»Das ist nicht wahr«, schrie ich, »der Saal ist nicht zugeschlossen.«

»Dann wissen Sie es besser.«

»Ich weiß, dass Sie lügen.«

Der Pförtner wandte mir den Rücken.

»Ach, was ist da viel zu reden«, brummte er.

»O nein, da ist wohl zu reden«, schrie ich, »Sie führen mich sofort in den Saal.«

Trotz des Zuredens der Buckligen und der Bitten des Sängers, lieber nach Hause zu gehen, rief ich den Oberkellner und ging mit meinem Genossen in den Saal. Als der Oberkellner meine zornige Stimme hörte und mein erregtes Gesicht sah, wagte er kein Wort des Widerspruchs und sagte mit verächtlicher Höflichkeit, ich könne hingehen, wohin es mir beliebt. Ich konnte dem Pförtner seine Lüge nicht beweisen, denn er war verschwunden, ehe ich in den Saal ging.

Der Saal war wirklich offen und erleuchtet, und an einem der Tische saß ein Engländer mit einer Dame beim Abendessen. Obgleich man uns einen besonderen Tisch angewiesen hatte, setzte ich mich mit dem abgerissenen Sänger ganz nahe an den Engländer heran und befahl, uns die noch nicht ganz leer getrunkene Flasche herzubringen.

Die Engländer blickten erst verwundert, dann erzürnt auf das kleine Männlein, das halb tot, halb lebendig neben mir saß. Sie raunten einander etwas zu, dann schob sie den Teller fort, rauschte in ihrem Seidenkleide davon, und beide verschwanden. Ich sah durch die Glastür, wie der Engländer auf den Kellner zornig einsprach und dabei beständig mit der Hand nach der Richtung zeigte, wo wir saßen. Der Kellner steckte den Kopf durch die Tür und warf uns einen Blick zu. Ich erwartete mit Freuden den Augenblick, wo jemand kommen würde, uns hinauszuführen, und wo es mir möglich wäre, meine ganze Entrüstung gegen sie auszulassen. Aber zum Glück ließ man uns, so unangenehm es mir auch damals war, unbehelligt.

Der Sänger, der erst den Wein abgelehnt hatte, trank jetzt hastig den ganzen Rest, der in der Flasche war, um nur so schnell als möglich davonzukommen, aber er dankte mir doch, wie ich glaube, voller Herzlichkeit für meine Einladung. Seine feuchten Augen wurden noch feuchter und glänzender, und er drückte mir seine Dankbarkeit in einem höchst seltsamen, wirren Satze aus. Und doch tat dieser Satz, in dem er etwa sagte, wenn alle Menschen die Künstler so ehren würden wie ich, so wäre er glücklich, und er wünsche mir alles Glück, mir sehr wohl. Ich trat mit ihm zusammen in den Flur hinaus. Da standen die Lakaien und mein Feind, der Pförtner, der sich vor ihnen über mich zu beklagen schien. Ich glaube, sie hielten mich alle für einen Verrückten. Ich hielt das kleine Männlein an der Stelle fest, wo sie alle standen, und hier zog ich mit aller Hochachtung, die ich nur mit meiner Person auszudrücken vermag, den Hut und drückte ihm die Hand mit dem gelähmten, verdorrten Finger. Die Lakaien taten, als schenkten sie mir nicht die geringste Aufmerksamkeit; nur einer von ihnen brach in ein sardonisches Lachen aus.

Als der Sänger nach vielen Verbeugungen in der Dunkelheit verschwunden war, ging ich hinauf in mein Zimmer. Ich wollte alle diese Eindrücke und die törichte, kindische Wut, die mich so unerwartet erfasst hatte, ausschlafen. Aber ich fühlte mich zu sehr erregt, um einzuschlafen, und ging wieder auf die Straße hinunter, um mich so lange zu ergehen, bis ich mich beruhigt haben würde; außerdem aber auch, ich will es nur gestehen, in der unklaren Hoffnung, es könnte sich eine Gelegenheit bieten, mit dem Pförtner, den Lakaien und dem Engländer zusammenzustoßen, um ihnen ihre ganze Grausamkeit und hauptsächlich ihre Ungerechtigkeit klarzumachen. Aber außer dem Pförtner, der mir sofort, als er mich erblickte, den Rücken zuwandte, begegnete ich niemandem, und so ging ich mutterseelenallein die Uferstraße auf und nieder.

Das ist das seltsame Geschick der Poesie! – dachte ich, nachdem ich mich ein wenig beruhigt hatte. – Alle lieben, alle suchen sie, sie allein wird begehrt und gesucht im Leben, und niemand erkennt ihre Macht an, niemand würdigt dieses höchste Gut der Welt, niemand weiß denen Würdigung und Dank, welche es den Menschen vermitteln. Fragt alle Bewohner des Schweizerhofes, welches das höchste Gut auf Erden ist, und alle oder doch neunundneunzig von hundert werden euch mit einem sardonischen Gesichte sagen: Das höchste Gut auf Erden ist das – Geld. »Vielleicht gefällt Ihnen dieser Gedanke nicht, vielleicht passt er nicht zu Ihren hochfliegenden Ideen«, wird der Sänger euch sagen«, aber was soll man tun, wenn das Menschenleben doch einmal so eingerichtet ist, dass das Geld allein das Glück des Menschen ausmacht? Ich kann meinen Geist nicht wehren, die Welt zu sehen, wie sie ist«, wird er hinzufügen »das heißt, die Wahrheit zu sehen.« Armselig ist dein Geist, armselig das Glück, das du begehrst, und ein unglückliches Geschöpf bist du, da du selbst nicht weißt, was dir not tut! ... Warum habt ihr alle euer Vaterland verlassen, eure Familien, eure Beschäftigung, euren Gelderwerb und euch in dem kleinen schweizerischen Städtchen Luzern zusammengedrängt? Warum seid ihr heute Abend alle auf die Balkone hinausgeeilt und habt mit achtungsvollem Schweigen dem Liede des kleinen Bettlers gelauscht? Und hätte er noch singen wollen, ihr hättet noch länger geschwiegen und gelauscht. Wie, hätte man euch alle für Geld, für Millionen selbst, aus dem Vaterlande jagen und in diesem kleinen Winkelchen Luzern vereinigen können? Hätte man euch für Geld alle auf den Balkonen versammeln und auch nur eine halbe Stunde lang zum Schweigen und zur Unbeweglichkeit veranlassen können? – Nein! Was euch so zu handeln veranlasst und was ewig mächtiger als andere Triebfedern des Lebens bleiben wird – ist das Bedürfnis nach Poesie, das ihr nicht anerkennt, aber doch empfindet und ewig empfinden werdet, so lange ein Fünkchen Menschlichkeit in euch wohnt. Das Wort Poesie erscheint euch lächerlich – ihr gebraucht es als eine Art spöttischen Vorwurf, ihr lasst die Liebe zum Poetischen wohl bei Kindern und törichten Mädchen zu, um über sie zu lächeln. Ihr braucht das Positive. Diese Kinder aber sehen das Leben mit gesunden Augen an, sie lieben und wissen das, was der Mensch lieben muss, und was Glück verleiht – euch aber hat das Leben so wirr und verderbt gemacht, dass ihr lacht über das, was ihr einzig liebt, und dass ihr einzig sucht, was ihr hasst und was euer Unglück ausmacht. Ihr seid so verderbt, dass ihr die Verpflichtung nicht begreift, die ihr gegen den armen Tiroler habt, der euch einen reinen Genuss geboten hat, während ihr euch doch für verpflichtet haltet, umsonst, ohne Nutzen, ohne Vergnügen euch vor einem Lord zu beugen, ja eure Ruhe und eure Bequemlichkeit zu opfern. Welch eine Torheit, welch eine unerklärliche Widersinnigkeit! Aber nicht das hat heute Abend auf mich den mächtigsten Eindruck gemacht. Diese Blindheit für das, was Glück gewährt, die Unempfänglichkeit für poetische Genüsse vermag ich fast zu begreifen, oder ich bin so daran gewöhnt, da ich ihnen so oft im Leben begegnet bin. Auch die rohe, unbewusste Grausamkeit der Menge war mir nicht neu; was auch die Verteidiger des gefunden Sinnes des Volkes sagen mögen, die Menge ist eine Vereinigung von vielleicht guten Menschen, die aber nur durch die tierischen, niedrigen Triebe zusammengeführt werden, und bringt nur die Schwäche und Grausamkeit der menschlichen Natur zum Ausdruck. Aber dass ihr, Kinder eines freien, menschlich edlen Volkes – ihr, Christen, ihr …, nun, einfach Menschen – auf den reinen Genuss, den euch der unglückliche Mensch, der eure Hilfe anruft, bereitet hat, mit Kälte und Hohn antwortet? O nein doch, in eurem Vaterlande gibt es ja Asyle für Bettler. – Es gibt keine Bettler, es darf keine geben, und es darf das Gefühl des Mitleids nicht geben, auf dem die Bettelei beruht. – Aber er hat gearbeitet, er hat euch eine Freude bereitet, er hat euch angefleht, ihm von eurem Überfluss für seine Arbeit, die ihr entgegennahmt, das Geringste zu geben – und ihr habt ihn mit kaltem Lächeln angesehen, wie eine Sehenswürdigkeit, und von den hundert glücklichen Reichen hat sich nicht ein einziger Mann, nicht eine einzige Frau gefunden, die ihm das Geringste zugeworfen hätte! Von Scham erdrückt ist er von euch fortgegangen, und die gedankenlose Menge hat lachend nicht euch, sondern ihn verfolgt und beleidigt, weil ihr kaltherzig, grausam und ehrlos wart – weil ihr ihm den Genuss, den er euch bereitet hat, stahlt –, dafür hat die Menge ihn beleidigt.

»Am 7. Juli 1857 sang in Luzern vor dem Hotel Schweizerhof, in welchem die reichsten Leute wohnen, ein herumziehender, armer Sänger eine halbe Stunde lang seine Lieder zur Gitarre. An die hundert Menschen hörten ihm zu. Der Sänger bat sie alle dreimal um eine Gabe. Nicht einer gab ihm das Geringste, und die meisten verlachten ihn.«

Das ist keine Erfindung, sondern eine positive Tatsache, die jedem, dem es beliebt, von den ständigen Bewohnern des Schweizerhofes bestätigt werden kann, nachdem sie aus den Zeitungen festgestellt haben, wer die Engländer waren, die am 7. Juli im Schweizerhof gewohnt haben.

Das ist ein Ereignis, welches die Geschichtsschreiber unserer Zeit mit unauslöschlicher Flammenschrift in das Buch der Geschichte eintragen sollten. Das Ereignis ist bedeutsamer, ernsthafter und von tieferem Sinn als die Tatsachen, die wir in Zeitungen und Geschichtsbüchern finden. Dass die Engländer tausend Chinesen getötet haben, bloß weil die Chinesen nichts für bar kaufen und ihr Land die klingende Münze verschlingt; dass die Franzosen noch tausend Kabylen getötet haben, bloß weil in Afrika das Getreide gut gedeiht und weil ein ununterbrochener Krieg der Ausbildung des Heeres förderlich ist; dass der türkische Gesandte in Neapel kein Jude sein dürfe und dass Kaiser Napoleon in Plombières zu Fuß spazieren geht und seinem Volke schwarz auf weiß versichert, dass er nur nach dem Willen des ganzen Volkes den Thron bestiegen: Das alles sind leere Worte, die längst Bekanntes verhüllen oder aussprechen; aber das Ereignis, das in Luzern am 7. Juli stattgefunden hat, scheint mir völlig neu, merkwürdig, und steht nicht mit den ewigen schlechten Seiten der Menschennatur im Zusammenhang, sondern mit einer bestimmten Epoche der Entwickelung unserer Gesellschaft. Das ist eine Tatsache, nicht für die Geschichte menschlicher Taten, sondern für die Geschichte des Fortschritts und der Zivilisation.

Wie kommt es, dass diese unmenschliche Tatsache, die in keinem deutschen, italienischen oder französischen Dörfchen möglich wäre, hier möglich ist, wo die Zivilisation, die Freiheit und die Gleichheit ihren höchsten Grad erreicht haben, wo auf ihren Reisen die zivilisierten Menschen der zivilisierten Nationen zusammenkommmen? Wie kommt es, dass diese hochgebildeten, humanen Menschen, die im Allgemeinen zu jeder ehrenhaften, humanen Sache fähig sind, kein menschliches Mitgefühl für eine persönliche Guttat besitzen? Wie kommt es, dass diese Leute, die in ihren Palästen, ihren Meetings und Vereinigungen mit dem höchsten Eifer für die Lage der ehelosen Chinesen in Indien sorgen, für die Verbreitung des Christentums und die Bildung von Gesellschaften zur Besserung der gesamten Menschheit – in ihrem Innern nicht die einfache, ursprüngliche Empfindung des Menschen für den Menschen finden? Gibt es etwa eine solche Empfindung nicht, hat der Dünkel, der Ehrgeiz, der Eigennutz ihre Stelle eingenommen, leitet er diese Menschen in ihren Palästen, auf ihren Meetings, in ihren Vereinigungen? Widerspricht etwa die Verbreitung der vernünftigen, selbstsüchtigen Menschheitsvereinigung, die man die Zivilisation nennt, dem

Bedürfnis der instinktiven, selbstlosen Vereinigung? Und ist dies etwa jene Gleichheit, für die so viel unschuldiges Blut vergossen, so viele Verbrechen begangen wurden? Können die Völker glücklich sein wie die Kinder bei dem bloßen Klange des Wortes »Gleichheit«?

Gleichheit vor dem Gesetz? ... Ja, bewegt sich denn das ganze Leben der Menschen in dem Bereiche des Gesetzes? Nur das tausendste Teilchen unterliegt dem Gesetz, das Übrige bewegt sich außerhalb desselben, in dem Bereich der Sitte und der gesellschaftlichen Anschauungen. Aber in der Gesellschaft ist der Lakai besser gekleidet als der Sänger und darf ihn ungestraft beleidigen. Ich bin besser gekleidet als der Lakai und beleidige ungestraft den Lakaien. Der Pförtner hält mich für etwas Höheres, den Sänger für etwas Niedrigeres als sich; als er mich mit dem Sänger zusammengehen sah, betrachtete er sich als gleichgestellt und wurde grob. Ich wurde heftig gegen den Pförtner, und der Pförtner stellte sich wieder unter mich. Der Lakai wurde heftig gegen den Sänger, und der Sänger stellte sich unter ihn. Ist das ein freier Staat – was man einen wahrhaft freien Staat nennt –, in welchem auch nur ein Bürger lebt, den man ins Gefängnis wirft, weil er, ohne jemandem zu schaden, ohne jemandem hinderlich zu sein, das eine ausübt, was er kann, um nicht Hungers zu sterben?

Ein unglückliches, bejammernswertes Geschöpf ist der Mensch, der in dieses ewig wogende, endlose Meer des Guten und Bösen, der Tatsachen, der Vorstellungen und Widersprüche geworfen ist mit seinem Bedürfnis nach endgültigen Lösungen. Jahrhunderte kämpfen und mühen sich die Menschen, um Gut und Nichtgut voneinander zu trennen. Jahrhunderte vergehen, und was auch immer die unbeirrte Vernunft auf die Wagschale des Guten oder Bösen werfen mag, die Schalen werden nicht schwanken, und auf jeder Seite wird so viel Gutes wie Böses sein. Wollte doch der Mensch nur lernen, nicht entscheidend, endgültig, zu urteilen und zu denken und keine Antworten auf Fragen zu geben, die ihm nur darum gegeben sind, damit sie ewig Fragen bleiben! Wollte er nur begreifen, dass jeder Gedanke so falsch wie richtig ist: falsch, weil der Mensch einseitig ist, weil er unfähig ist, die ganze Wahrheit zu umfassen, und richtig, weil eine Seite menschlicher Bestrebungen in ihm ihren Ausdruck findet. Wir haben uns Rubriken in diesem ewig wogenden, endlos wechselnden Chaos von Gut und Böse geschaffen, wir haben in unsere Vorstellung Linien in diesem Meer gezogen und erwarten, dass auch das Meer sich so teile. Als gäbe es nicht Millionen andere Einteilungen von ganz anderem Gesichtspunkt aus, auf einer anderen Fläche! Gewiss, diese neuen Unterabteilungen entwickeln sich in Jahrhunderten, aber auch Jahrhunderte sind Millionen vergangen und werden noch Millionen vergehen; die Zivilisation ist das Gute, die Barbarei das Böse; die Freiheit ist das Gute, die Unfreiheit ist das Böse. Und dies eingebildete Wissen vernichtet die instinktiven, beglückendsten, ursprünglichen Bedürfnisse nach dem Guten in der menschlichen Natur. Und wer will mir erklären, was Freiheit, was Despotismus ist – was Zivilisation, was Barbarei? Und wo die Grenzen des einen und des anderen liegen? In wessen Seele ist dieses Maß des Guten und Bösen so unerschütterlich fest, dass er alle flüchtigen, wirren Tatsachen mit ihm zu messen vermöchte? Wessen Verstand ist so groß, dass er selbst in der unbeweglichen Vergangenheit alle Tatsachen zu umfassen und abzuwägen vermöchte, und wer hat je einen Zustand gesehen, wo Gutes und Böses nicht beieinander ruhten? Und woher weiß ich, dass ich nicht bloß darum mehr von dem einen als von dem anderen sehe, weil ich nicht auf dem rechten Platze stehe? Und wer ist imstande, sich im Geiste auch nur einen Augenblick so ganz vom Leben zu lösen, um es unabhängig von oben herab zu betrachten? ... Einen, nur einen unfehlbaren Führer haben wir, den Weltengeist, der uns alle insgesamt und jeden Einzelnen durchdringt und in jeden das Streben nach dem gelegt hat, was gut ist – derselbe Geist, der im Baume wirkt, auf dass er der Sonne entgegenwachse, der in der Blume wirkt, auf dass sie Samen ausstreue zum Herbst, und der in uns wirkt, uns unbewusst, dass wir zueinanderstreben.

Und diese eine unfehlbare, beglückende Stimme übertönt die lärmende, hastige Entwicklung der Zivilisation. Wer ist mehr Mensch und wer mehr Barbar: Jener Lord, der bei dem Anblick des fadenscheinigen Rockes des Sängers wütend vom Tische wegrannte, ihm nicht den millionsten Teil seines Vermögens gab und jetzt gesättigt in seinem hellen, ruhigen Zimmer sitzt und ruhig über die Angelegenheiten Chinas spricht und die Mordtaten, die dort begangen werden, berechtigt findet – oder der kleine Sänger, der mit der Gefahr seiner Freiheit, mit einem Franc in der Tasche zwanzig Jahre, ohne jemandem Schaden zu tun, Berg und Tal durchwandert und die Menschen mit seinem Gesang erfreut, den man heute gekränkt, ja nahezu geschlagen hat und der müde, hungrig und beschämt ein dürftiges Nachtlager auf faulem Stroh aufsucht?

In diesem Augenblick vernahm ich von der Stadt her durch die Totenstille der Nacht aus weiter, weiter Ferne die Gitarre des kleinen Mannes und seine Stimme.

Nein, sprach es in mir unwillkürlich, du hast nicht das Recht, ihn zu beklagen und dem Lord wegen seines Wohlstands böse zu sein. Wer hat das innere Glück abgewogen, das in der Seele eines jeden von diesen Menschen liegt? Er sitzt jetzt irgendwo auf einer schmutzigen Schwelle, schaut empor nach dem glänzenden, vom Mond bestrahlten Himmel und singt freudig in die stille, duftige Nacht hinaus; in seiner Seele ist kein Vorwurf, kein Zorn, keine Reue. Und wer weiß, was jetzt in der Seele aller dieser Menschen vorgeht, die hinter diesen reichen, hohen Mauern sitzen? Wer weiß, ob sie alle zusammen so viel sorglose, sanfte Lebensfreude, so viel innere Harmonie haben, wie in der Seele dieses kleinen Mannes lebt. Unendlich ist die Güte und die Weisheit dessen, der allen diesen Widersprüchen zu sein gestattet und befohlen hat. Dir nur, du nichtiger Wurm, der du verwegen, freventlich versuchst, seine Gesetze, seine Pläne zu durchdringen – nur dir erscheinen sie widerspruchsvoll. Er schaut mild aus seiner lichten, unermesslichen Höhe hernieder und freut sich der unendlichen Harmonie, in der ihr alle euch voller Widersprüche in alle Ewigkeit bewegt. In deinem Stolz wähntest du, dich von dem Gesetze der Allgemeinheit losreißen zu können. Nein, auch du mit deinem kleinen niedrigen Zorn gegen die Lakaien – auch du entsprachst dem Harmoniebedürfnis des Ewigen und Unendlichen …

Dreimal sterben

Es war Herbst. Auf der Landstraße fuhren im schnellsten Schritt zwei Wagen dahin. In der vordern Kutsche saßen zwei Frauen; die eine, die Herrin, war mager und bleich, die zweite, die Dienerin, hatte rosige Wangen und üppige Formen. Die kurzen, trockenen Haare drängten sich unter dem verschossenen Hute hervor, die rote, in einem zerrissenen Handschuh steckende Hand nestelte ständig an ihnen. Die hohe, mit einem verwirkten Tuch überdeckte Brust atmete Gesundheit, die lebhaften schwarzen Augen schweiften bald durch das Fenster über die dahinschwindenden Felder, bald betrachteten sie furchtsam die Herrin, bald musterten sie unruhig die Ecke der Kutsche. Vor dem Gesichte der Dienerin schaukelte in einem Netze der Hut der Herrin, auf ihren Knien lag ein Hündchen, ihre Füße standen auf den Schachteln, die am Boden des Wagens lagen, und trommelten kaum hörbar vor dem Knarren der Federn und dem Klirren der Scheiben.

Die Dame hatte die Hände in den Schoß gelegt, die Augen geschlossen und wiegte sich schwach in den Kissen, die man ihr unter den Rücken gelegt hatte. Ihre Stirn war leicht gerunzelt, und sie hustete hohl. Auf dem Kopfe trug sie ein weißes Häubchen, um den zarten, bleichen Hals war ein blaues Tüchlein geschlungen. Ein gerader Scheitel, der unter dem Häubchen hervorsah, teilte das blonde, auffallend dünne, pomadisierte Haar in zwei Teile. Es lag etwas eigentümlich Trockenes, Abgestorbenes in der weißen Haut dieses breiten Scheitels. Die welke, ein wenig gelbliche Haut lag nicht fest auf den dünnen und schönen Umrissen des Gesichts und rötete sich auf den Wangen und Backenknochen. Die Lippen waren trocken und unruhig, die dünnen Wimpern kräuselten sich nicht, und der Reise-Tuchmantel machte auf der eingefallenen Brust gerade Falten. Obgleich die

Augen geschlossen waren, drückte doch das Gesicht der Dame Müdigkeit, Erregung und Gewöhnung an Leiden aus.

Der Diener auf dem Bock saß zusammengesunken da und schlief; der Postkutscher trieb unter lebhaften Zurufen einen kräftigen schweißtriefenden Viererzug und schaute sich von Zeit zu Zeit nach dem anderen Kutscher um, dessen Zurufe von dem Wagen hinten herüberkamen. Die gleichlaufenden Spuren der Wagenräder zeichneten sich regelmäßig und schnell in dem kalkartigen Schmutz der Straßen ab. Der Himmel war grau und kalt. Feuchter Nebel bedeckte Felder und Wege. Im Innern der Kutsche war es dumpf, roch es nach Kölnischem Wasser und Staub. Die Kranke legte ihren Kopf zurück und öffnete langsam die Augen. Ihre großen Augen waren glänzend und von schöner, dunkler Farbe.

»Schon wieder«, sagte sie und stieß nervös mit ihrer schönen hageren Hand den Mantelzipfel der Dienerin zurück, der kaum ihre Füße berührt hatte, und ihr Mund zuckte schmerzhaft zusammen. Matroscha nahm mit beiden Händen ihren Mantel auf, erhob sich auf ihren kräftigen Beinen und rückte ab. Ihr frisches Gesicht bedeckte sich mit hellem Rot. Die schönen dunklen Augen der Kranken folgten fieberhaft den Bewegungen der Dienerin. Die Dame stützte sich mit beiden Händen auf den Sitz und wollte sich auch erheben, um sich höher hinaufzusetzen, aber ihre Kräfte versagten, ihr Mund zuckte. Ihr ganzes Gesicht war durch den Ausdruck ohnmächtiger, boshafter Ironie entstellt. »Wenn du mir wenigstens helfen wolltest! ... Ach, es ist nicht nötig, ich werde allein fertig. Aber lege mir, bitte, nicht deine Säckchen in den Rücken!« Die Kranke schloss die Augen, dann öffnete sie wieder schnell die Lider und warf der Dienerin einen Blick zu. Matroscha biss sich in die Unterlippe, während sie sie ansah. Ein schwerer Seufzer kam aus der Brust der Kranken, aber ehe er ausklang, ging er in Husten über. Sie wandte sich ab, runzelte die Stirn und fasste mit beiden Händen nach der Brust. Als der Husten vorüber war, schloss sie wieder die Augen und saß unbeweglich da. Die Kutsche und die Kalesche kamen in ein Dorf. Matroscha zog ihre rundliche Hand unter dem Tuche vor und machte das Zeichen des Kreuzes.

»Was soll das heißen«, fragte die Dame.

»Eine Station, gnädige Frau.«

»Ich frage, warum du dich bekreuzigst?«

»Eine Kirche, gnädige Frau.«

Die Kranke wandte sich zu dem Fenster und begann sich langsam zu bekreuzigen, sie öffnete die Augen weit und betrachtete die große Dorfkirche, um welche ihre Kutsche herumfuhr.

Die Kutsche und die Kalesche hielten gleichzeitig an der Station. Aus der Kalesche stiegen der Gatte der Kranken und der Arzt, sie traten an die Kutsche heran.

»Wie fühlen sie sich?«, fragte der Arzt und legte seine Hand an den Puls.

»Nun, meine Liebe, wie geht's, bist du nicht müde?«, fragte der Gatte auf Französisch. »Willst du nicht aussteigen?«

Matroscha nahm ihre Bündel zusammen und drückte sich in die Ecke, um die Sprechenden nicht zu stören.

»Immer unverändert«, antwortete die Kranke. »Ich will nicht aussteigen.«

Der Mann stand noch eine Weile, dann ging er in das Stationsgebäude. Matroscha sprang aus der Kutsche und lief auf den Fußspitzen durch den Schmutz zum Tore.

»Dass ich nicht wohl bin, darf Sie nicht abhalten zu frühstücken«, sagte die Kranke mit leichtem Lächeln zu dem Arzt, der noch am Wagen stand.

»Sie kümmern sich nicht um mich«, fügte sie noch, vor sich hinsprechend, hinzu, als der Arzt sich mit leisen Schritten von ihr entfernt hatte und eilig die Treppen des Stationshauses hinaufstieg. »Ihnen ist wohl, alles Übrige ist ihnen gleichgültig. O mein Gott!«

»Nun, wie, Eduard Iwanowitsch?«, fragte der Gatte, indem er dem Arzt entgegenkam und sich mit fröhlichem Lächeln die Hände rieb. »Ich habe das Reisetäschchen holen lassen. Wie denken Sie darüber?«

»Warum nicht?«, antwortete der Arzt.

»Und wie geht´s mit ihr?«, fragte der Gatte mit einem Seufzer, indem er die Stimme senkte und die Augenbrauen hochzog.

»Ich sagte Ihnen, sie kann unmöglich bis nach Italien kommen.«

»Gott geb's, dass wir nach Moskau kommen. Besonders bei diesem Wetter.

Was ist also zu machen? Ach mein Gott, mein Gott!« – Der Herr bedeckte seinen Augen mit der Hand. – »Gib her«, rief er dem Diener zu, der das Reisetäschchen hereinbrachte.

»Wir hätten zu Hause bleiben sollen«, antwortete der Arzt und zuckte die Achseln.

»Sagen Sie doch selbst, was habe ich tun können?«, erwiderte der Gatte. »Habe ich nicht alles getan, um sie zurückzuhalten?

Ich hielt ihr die Kosten vor, die Kinder, die wir allein lassen müssen, meine Geschäfte, sie will nichts hören. Sie macht Pläne für das Ausland, wie eine Gesunde, und ihr die Wahrheit über ihren Zustand zu sagen, das hieße geradezu, sie zu töten.«

»Sie ist nicht mehr zu retten, das müssen sie wissen, Wassilij Dimitritsch. Der Mensch kann nicht leben, wenn er keine Lunge hat. Lungen wachsen nicht wieder. Traurig, betrübend, aber was ist da zu tun? Meine und Ihre Aufgabe besteht nur darin, ihr Ende so leicht wie möglich zu gestalten. Wir brauchen einen Geistlichen.«

»O mein Gott, so begreifen Sie doch meine Lage. Wie kann ich ihr von ihrem letzten Willen sprechen! ... Es komme, wie es will, ich kann ihr das nicht sagen. Sie wissen doch, wie gut sie ist …«

»Versuchen Sie doch, ihr zuzureden, dass sie warte, bis es Schneewege gibt«, sagte der Arzt, bedeutsam den Kopf hin und her wiegend. »Es könnt uns unterwegs schlimm ergehen.«

»Ucksiuscha, he Uksiuscha«, rief gellend die Tochter des Posthalters, indem sie die Katzawaika über den Kopf warf und über die schmutzige Hintertreppe lief. – »Komm, wir wollen uns die Gutsherrin von Schirkin ansehen. Sie ist brustkrank, heißt es, und reist ins Ausland. Ich habe noch nie einen Schwindsüchtigen gesehen.«

Uksiuscha kam eilig an die Schwelle, die beiden Mädchen fassten sich bei der Hand und eilten zum Tore hinaus. In langsamerem Schritt gingen sie um die Kalesche herum und blickten durch das herabgelassene Fenster hinein.

Die Kranke wandte ihren Kopf nach ihnen um, als sie aber ihre Neugierde bemerkte, wurde sie unwillig und wandte sich zurück.

»Du lie-ie-ber Himmel«, sagte die Posthalterstochter, hastig den Kopf zurückwerfend, »was war das für eine Frau, und wie sieht sie jetzt aus! Ach, entsetzlich! Hast du gesehen, Uksiuscha, hast du gesehen?«

»Ach, wie mager sie ist«, stimmte Uksiuscha zu. – »Komm, wir wollen noch einmal hinsehen, als ob wir an den Brunnen gingen. Siehst du, sie hat sich umgedreht und ich habe sie noch nicht gesehen. Wie traurig, Mascha.«

»Ach, und was für ein Schmutz!«, antwortete Mascha und beide liefen zum Tore zurück.

»Ich muß wohl schrecklich aussehen«, dachte die Kranke. – »Nur so schnell als möglich ins Ausland, dort werde ich bald wieder gesund werden.«

»Nun, wie geht es dir, meine Liebe?« sagte der Gatte, indem er an die Kutsche herantrat, noch mit einem Bissen im Munde.

»Immer ein und dieselbe Frage«, dachte die Kranke, »und isst dabei.«

»So, so«, murmelte sie durch die Zähne.

»Weißt du, meine Liebe, ich fürchte, die Reise wird dir schaden, bei diesem Wetter. Eduard Iwanowitsch meint es auch. Sollen wir nicht umkehren?«

Sie war ärgerlich und schwieg.

»Das Wetter wird besser werden, der Weg wird vielleicht glatter sein, und auch dir kann besser werden, dann könnten wir alle zusammen fahren.«

»Verzeih. Wäre ich dir nur früher nicht gefolgt, ich wäre jetzt in Berlin und wäre ganz gesund.«

»Was soll man tun, mein Engel? Es war unmöglich, du weißt es ja; aber jetzt, wo du einen Monat hier bleiben wolltest, würde dir bedeutend besser werden, ich würde meine Geschäfte erledigen, wir könnten die Kinder mitnehmen ...«

»Die Kinder sind gesund und ich nicht.«

»Aber bedenke doch, meine Liebe, bei diesem Wetter! Wenn dir unterwegs schlimmer würde ... so ist man wenigsten zu Hause.«

»Und wenn schon zu Hause? ... Sterben zu Hause?«, antwortete die Kranke erregt. Aber das Wort »sterben« hatte sie offenbar erschreckt, sie sah ihren Gatten flehend und fragend an, er senkte die Augen und schwieg. Der Mund der Kranken zuckte plötzlich wie bei einem Kinde, und Tränen stürzten aus ihren Augen. Der Gatte bedeckte sein Gesicht mit einem Tuch und entfernte sich schweigend von der Kutsche.

»Nein, ich will fahren«, sagte die Kranke; sie richtete die Augen gen Himmel, faltete die Hände und flüsterte unzusammenhängende Worte. – »Mein Gott, wofür das?«, sagte sie, und ihre Tränen strömten immer reichlicher. Sie betete lange und inbrünstig, aber in ihrer Brust war ein schmerzliches, beklommenes Gefühl; auch der Himmel, auch Felder und Wege waren so grau und düster und derselbe herbstliche Nebel lag, ohne dichter, ohne lichter zu werden, auf dem Schmutz der Straßen, auf den Dächern, auf der Kutsche, auf den Schafpelzen der Kutscher, die unter fröhlichem, lautem Geplauder die Räder schmierten und die Pferde schirrten.

II

Die Kutsche war angespannt, aber der Kutscher fehlte. Er war in die Kutscherstube gegangen. In der Stube war es schwül, dumpfig, dunkel und drückend; es roch nach Menschen, nach frisch gebackenem Brot, nach Kohl und Schaffellen. Mehrere Kutscher waren im Zimmer, die Köchin machte sich am Ofen zu schaffen, oben auf dem Ofen lag, in einen Schafpelz gehüllt, ein Kranker.

»Onkel Fjodor! He, Onkel Fjodor«, sagte ein junger Bursche, ein Kutscher, der im Schafpelz, die Peitsche am Gürtel, ins Zimmer trat und sich dem Kranken zuwendete.

»Was willst du von Fjodor, du Strolch?«, rief einer der Kutscher. »Dort in der Kutsche wartet man auf dich.«

»Ich will ihn um die Stiefel bitten, meine sind schlecht geworden«, antwortete der Bursche, warf dabei sein Haar zurück und steckte Handschuhe in den Gürtel. »Schläft er etwa? He, Onkel Fjodor!«, rief er, näher an den Ofen herantretend.

»Was denn?«, ließ sich eine schwache Stimme vernehmen, und ein rotes, mageres Gesicht beugte sich über den Ofenrand. Eine breite, hagere bleiche, mit Haaren bedeckte Hand zog den Rock über die eckige Schulter, die in ein schmutziges Hemd gehüllt war. »Gib mir zu trinken, Bruder. Was willst du?«

Der Bursche reichte ihm den Wasserkrug hin. »Sieh mal an, Fedja«, sagte er stockend – »sieh mal an, gelt, du brauchst doch jetzt die neuen Stiefel nicht, gib sie mir – du wirst ja nicht drin gehen.«

Der Kranke sank mit dem müden Kopf auf den glänzenden Krug, tauchte den dünnen, herabhängenden Schnurrbart in das dunkle Wasser und trank schwach und gierig. Sein wirrer Bart war unsauber. Die hohlen, trüben Augen konnten sich nur mit Mühe zu dem Gesicht des Burschen erheben. Als er genug getrunken hatte, wollte er die Hand erheben, um die feuchten Lippen zu trocknen, aber er konnte nicht und trocknete sie an dem Ärmel des Rockes. Er sprach kein Wort, atmete schwer durch die Nase, sah dem Burschen fest in die Augen und nahm alle seine Kräfte zusammen.

»Hast du sie vielleicht schon jemand versprochen?«, sagte der Bursche, »dann ist es umsonst. Die Hauptsache ist, es ist draußen nass und ich muss fahren. Da dachte ich mir, willst den Fjedka um die Stiefel bitten, gelt, er braucht sie ja nicht. Wenn du sie vielleicht selbst brauchst, sag´s nur …«

In der Brust des Kranken begann es zu glucksen und zu röcheln; er beugte sich vornüber und erstickte fast an dem hohlen Husten tief im Halse.

»Ei, wie, selbst brauchen«, schrie die Köchin gellend durchs ganze Zimmer. »Schon den zweiten Monat kommt er nicht vom Ofen herunter. Sieh doch, wie er sich quält, es tut einem selbst förmlich weh, wenn man's nur mit anhört. Wie sollte der Stiefel brauchen? In neuen Stiefeln werden sie ihn nicht begraben … und Zeit wär's längst, Gott verzeih mir die Sünde. Sieh, wie er sich quält! Wenn man ihn wenigstens in eine andere Stube brächte oder sonst wohin. Da heißt es, in der Stadt sind Krankenhäuser. Geht denn das – er nimmt die ganze Ecke ein, na, und fertig! Nicht rühren kann man sich, und da verlangt man noch Reinlichkeit!«

»Heda, Serjoga! Mach, dass du auf den Bock kommst, die Herrschaft wartet«, rief der Postmeister durch die Tür.

Serjoga wollte schon gehen, ohne die Antwort abzuwarten,

aber der Kranke gab ihm während des Hustens mit den Augen zu verstehen, dass er antworten wollte.

»Nimm dir die Stiefel, Serjoga«, sagte er, nachdem er den Husten unterdrückt und ein wenig geruht hatte; »aber höre, einen Stein kaufst du mir, wenn ich sterbe«, fügte er mit heiserer Stimme hinzu.

»Dank schön, Onkel, ich nehme sie also, und den Stein, ja bei Gott, den Stein kauf ich dir.«

»Nicht wahr, Kinder, ihr habt's gehört?«, konnte der Kranke noch sagen, dann legte er sich wieder zurück und begann wieder zu husten.

»Gewiss haben wir's gehört,« sagte einer von den Kutschern. »Geh, Serjoga, auf deinen Bock, da kommt schon wieder der Postmeister gelaufen. Die gnädige Frau von Schirkin ist doch krank.«

Serjoga zog schleunigst seine abgerissenen, unverhältnismäßig großen Stiefel ab und schleuderte sie unter die Bank. Die neuen Stiefel von Onkel Fjodor passten ihm vortrefflich. Serjoga betrachtete sie von allen Seiten, dann ging er zur Kutsche.

»Ei! Prächtige Stiefel! Gib her, ich will sie schmieren«, sagte einer der Kutscher, der einen Teerpinsel in der Hand hielt, gerade als Serjoga auf den Bock gekrochen war und die Zügel ergreifen wollte. – »Hat er sie umsonst gegeben?«

»Bist du etwa neidisch«, antwortete Serjoga, indem er sich erhob, um die Schöße seines Rockes über die Beine zu werfen. »Lass nur! Nun los, meine Freundchen«, schrie er den Pferden zu, fuhr mit der Peitsche durch die Luft, und die Kutsche und die Kalesche, mit ihren Insassen, Koffern und Kisten, rollten schnell über die feuchte Landstraße dahin und verschwanden in den grauen Herbstnebel.

Der kranke Kutscher war in der dumpfen Stube auf dem Ofen geblieben. Er hustete nicht, drehte sich erschöpft auf die andere Seite und ward stille.

In der Stube gingen bis zum Abend Leute ein und aus und aßen und tranken. Den Kranken hörte man nicht mehr. Bevor es Nacht wurde, kroch die Köchin auf den Ofen und warf ihm einen Schafpelz über die Füße.

»Sei nicht böse auf mich, Nastassja«, murmelte der Kranke; »ich werde dir bald den Winkel räumen.«

»Gut, gut, tut nichts«, brummte Nastassja. »Wo tut's dir weh, sag doch, Onkel.«

»Hier drin, alles, alles abgezehrt. Gott weiß, was.«

»Und tut dir die Kehle weh, wenn du hustest?«

»Überall tut es weh. Mein Tod ist gekommen, ach, ach, ach!« stöhnte der Kranke.

»Deck dir nur die Beine zu; so, siehst du«, sagte Nastassja, indem sie den Rock über ihn deckte und vom Ofen herunterstieg.

Während der Nacht beleuchtete ein schwaches Nachtlicht die Stube. Nastassja und an die zehn Kutscher schliefen laut schnarchend auf der Diele und auf den Bänken. Nur der Kranke röchelte schwach, hustete und drehte sich auf dem Ofen von einer Seite auf die andere. Am Morgen ward er ganz still.

»Merkwürdig, was ich heute Nacht geträumt habe«, sagte die Köchin, als sie am anderen Morgen in der Dämmerung sich aus dem Schlafe reckte. »Ich sah, Onkel Fjodor kriecht vom Ofen herunter und geht hinaus, um Holz zu hauen. Hör Nastassja, sagt er, ich will dir helfen, und ich sage ihm, was, du willst Holz hauen? Da nimmt er auch die Axt und beginnt zu hauen, so schnell, dass die Späne fliegen. Was, sage ich, du bist doch krank gewesen? Nein, sagt er, ich bin gesund. Und wie er ausholt, wird mir ganz angst. Ich schreie auf ... und bin wach. – Ist er vielleicht gestorben? ... Onkel Fjodor! He, Onkel!« Fjodor gab keine Antwort.

»Ist er gestorben? Muss doch mal sehen«, sagte einer der Kutscher, der jetzt erwachte.

Die bleiche, von rötlichen Haaren bedeckte Hand, die vom Ofen herabging, war kalt und bleich.

»Das muss man dem Posthalter sagen. Er scheint tot zu sein«, sagte der Kutscher.

Verwandte hatte Fjodor nicht, er war von weither gekommen. Am folgenden Tage begrub man ihn auf dem neuen Kirchhofe hinter dem Wäldchen, und Nastassja erzählte noch viele Tage allen den Traum, den sie gehabt hatte, und dass sie die Erste war, welche Onkel Fjodor gesehen hatte.

III

Der Frühling war gekommen. Durch die nassen Straßen der Stadt rieselten zwischen den aufgehäuften Schneehügeln hurtige Bächlein dahin; die Farben der Kleider, der Klang der Stimmen der spazierenden Menge war hell, in dem Gärtchen hinter den Zäunen sprangen die Knospen der Bäume auf, und ihre Zweige wurden kaum hörbar von einem frischen Winde geschaukelt. Überall flossen und tropften durchsichtige Tropfen herab

... Die Spatzen piepsten durcheinander und versuchten, sich auf ihren kleinen Schwingen zu erheben. Auf der Sonnenseite, auf Hecken, Häusern und Bäumen war alles in Bewegung und Glanz. Freude, Jugendfrische wob am Himmel und auf Erden und in den Herzen der Menschen.

In einer der Hauptstraßen, vor einem großen Herrenhause, war frisches Stroh ausgebreitet; im Hause war dieselbe, dem Tode entgegengehende Kranke, die ins Ausland geeilt war.

An der verschlossenen Tür des Zimmers standen der Gatte der Kranken und eine greise Frau. Auf dem Sofa saß ein Priester. Er hatte die Augen gesenkt und hielt mit den Händen einen Gegenstand in sein Schultertuch eingewickel. In der Ecke lag in einem großen Lehnstuhl eine alte Dame, die Mutter der Kranken, und weinte bitterlich. Neben ihr hielt eine Dienerin ein sauberes

Taschentuch in der Hand, um es der Alten zu reichen, wenn sie es verlangte; eine andere trocknete der Alten die Schläfen und blies ihr unter die Haube auf das graue Haupt.

»Nun, Gott mit Ihnen, liebe Freundin«, sagte der Gatte zu der alten Dame, welche neben ihm an der Tür stand. »Sie hat solches Vertrauen zu Ihnen, Sie verstehen es so gut, mit ihr zu sprechen, reden Sie ihr doch zu Herzen, teure Freundin, gehen Sie, bitte.« Er wollte ihr schon die Tür öffnen, aber seine Cousine hielt ihn zurück, legte wiederholt das Tuch an die Augen und schüttelte den Kopf.

»Nicht wahr, jetzt glaube ich, bin ich nicht verweint?«, sagte sie, öffnete selbst die Tür und ging hinein.

Der Gatte war in starker Erregung und schien ganz verstört. Er ging auf die alte Dame zu, aber schon nach wenigen Schritten kehrte er um, ging durch das Zimmer und trat an den Geistlichen heran. Der Geistliche sah ihn an, zog die Augenbrauen in die Höhe und seufzte. Auch sein dichter, mit grauen Fäden durchzogener Bart hob und senkte sich.

»Gott, o Gott!«, sagte der Gatte.

»Was ist zu machen«, sagte der Geisliche seufzend, und wieder hoben und senkten sich seine Augenbrauen und sein Bärtchen.

»Ach und die Mutter, da!«, sagte der Gatte fast verzweifelt. »Sie wird es nicht überleben, sie liebt sie doch so sehr, so sehr, wie sie … ich weiß gar nicht. Wenn Sie, Väterchen, versuchen wollten, sie zu beruhigen, ihr zuzureden, dass sie hinausgehe.«

Der Geistliche erhob sich und näherte sich der alten Dame.

»Wahrlich, ein Mutterherz kann niemand ergründen«, sagte er, »aber Gott ist barmherzig.«

Das Gesicht der alten Dame geriet plötzlich in starke Zuckungen, und ein hysterisches Schluchzen schüttelte sie.

»Gott ist barmherzig«, fuhr der Geistliche fort, als sie sich ein wenig beruhigt hatte. »Ich will Ihnen sagen: an meinem Kirchspiele war ein Kranker, viel schlimmer als Maria Dimitrijewna, und was geschah? – Ein einfacher Bürgersmann hat ihn mit Kräutern in kurzer Zeit gesund gemacht, und dieser Bürgersmann ist gerade jetzt in Moskau. Ich habe es Wassilij Dimtrijewitsch gesagt. – Man könnte es doch versuchen. Wenigstens wäre es doch für die Kranke ein Trost. Bei Gott ist alles möglich.«

»Nein, sie kann nicht mehr leben«, sagte die alte Dame. »O, hätte mich Gott zu sich genommen statt ihrer.« Und das hysterische Schluchzen wurde so stark, dass sie bewusstlos zusammensank.

Der Gatte der Kranken bedeckte das Gesicht mit den Händen und ging eilig aus dem Zimmer.

Der Erste, der ihm im Flur entgegenkam, war sein sechsjähriger Knabe, der dem Töchterchen, so schnell er konnte, nachlief.

»Wünschen Sie nicht, dass man die Kinder zur Mama bringe?«, fragte das Mädchen.

»Nein, sie will sie nicht sehen, es könnte sie aufregen.«

Der Kleine blieb einen Augenblick stehen, sah dem Vater lange ins Gesicht, dann stieß er mit dem Fuße aus und lief mit fröhlichem Geschrei weiter.

»Sie ist der Rappe, Papachen«, rief er auf die Schwester zeigend.

Währenddessen saß die Cousine im anderen Zimmer bei der Kranken und suchte durch ein künstlich geführtes Gespräch sie auf den Tod vorzubereiten. Am andern Fenster mischte der Arzt einen Trank.

Die Kranke saß in einer weißen Jacke, ganz von Kissen umgeben, auf ihrem Bett und sah die Cousine schweigend an.

»Ach, meine Liebe«, sagte sie, unerwartet einfallend, »bereite mich nicht vor! Halte mich nicht für ein Kind. Ich bin eine Christin. Ich weiß alles. Ich weiß, dass ich nicht mehr lange zu leben habe; ich weiß, wenn mein Mann mir früher gefolgt wäre,

wäre ich in Italien, und vielleicht – ja gewiss – wäre ich gesund. Das haben ihm alle gesagt, aber was ist da zu machen? Gott hat es offenbar so gefallen. Wir haben alle viele Sünden, ich weiß es; aber ich hoffte auf Gottes Barmherzigkeit, er vergibt allen, ja er vergibt allen. Ich habe mein Innerstes durchforscht. Auch ich habe viele Sünden, meine Liebe. Aber wie viel hab ich dafür gelitten! Ich habe mir Mühe gegeben, meine Leiden mit Geduld zu tragen …«

»Soll ich den Priester holen lassen, meine Liebe? Es wird Ihnen leichter sein, wenn sie das Abendmahl genommen haben«, sagte die Cousine.

Die Kranke neigte den Kopf zum Zeichen der Zustimmung.

»Gott verzeihe mir Sündigen,« flüsterte sie. Die Cousine ging hinaus und winkte dem Geistlichen.

»Sie ist ein Engel«, sagte sie zu dem Gatten mit Tränen in den Augen. Der Gatte begann zu weinen. Der Priester ging in das Zimmer, die alte Dame lag noch immer bewusstlos da, und in dem ersten Zimmer wurde es vollkommen still. Fünf Minuten später trat der Priester zur Tür heraus, nahm sein Schultertuch ab und strich sich das Haar zurecht.

»Gott sei Dank, jetzt ist sie ruhiger«, sagte er, »sie wünscht Sie zu sehen.«

Die Cousine und der Gatte gingen hinein. Die Kranke weinte still und hielt die Augen auf das Heiligenbild gerichtet.

»Ich wünsche dir Glück, meine Liebe«, sagte der Gatte.

»Ich danke … Wie wohl ist mir jetzt, welche unbegreifliche Seligkeit fühle ich«, sagte die Kranke und ein leichtes Lächeln spielte um ihre feinen Lippen. – »Wie Gott barmherzig ist, nicht wahr? – Er ist barmherzig und allmächtig!« Und wieder richtete sie ihre tränenvollen Augen mit inbrünstigem Gebet auf das Bild.

Dann schien ihr ein Gedanke zu kommen. Sie winkte ihren Gatten herbei.

»Du willst nie tun, um was ich dich bitte«, sagte sie mit schmerzlicher, mürrischer Stimme.

Der Gatte streckte ihr den Kopf entgegen und hörte ihr demütig zu. »Was, meine Liebe?«

»Wie oft habe ich dir gesagt, diese Ärzte verstehen gar nichts. Es gibt einfache Frauen aus dem Volke, sie verstehen ... Der Geistliche hat mir gesagt ... ein Bürgersmann ... lass ihn doch holen!«

»Wen, meine Liebe?«

»O Gott, er will nicht verstehen! ...« Die Kranke runzelte die Stirn und schloss die Augen.

Der Arzt trat an sie heran und erfasste ihre Hand. Der Puls wurde merklich schwächer und schwächer. Er winkte dem Gatten, die Kranke bemerkte diese Bewegung und sah sich erschrocken um. Die Cousine wandte sich ab und weinte.

»Weine nicht, quäle mich und dich nicht«, sagte die Kranke, »das nimmt mir die letzte Ruhe.«

»Du bist ein Engel«, sagte die Cousine und küsste ihr die Hand.

»Nein, küsse mich hier, nur Toten küsst man die Hand. O mein Gott, o mein Gott!«

An demselben Abend war die Kranke eine Leiche, und der Leichnam lag im Sarge in dem Saale des großen Hauses. In dem großen Zimmer saß hinter verschlossener Tür ein Küster und las näselnd in einförmigen Tönen die Psalmen Davids. Das grelle Licht einer Wachskerze fiel von dem hohen, silbernen Leuchter auf die blasse Stirn der Entschlafenen, auf die schweren, wachsfarbigen Hände und die starren Falten des Leichentuchs, das auf den Knien und Zehen unheimlich ermporstarrte. Der Küster las, ohne ein Wort zu verstehen, eintönig, und seine Worte schallten seltsam durch das stille Zimmer und erstarben. Von Zeit zu Zeit klangen aus dem entfernten Zimmer Kinderlaute und Kinderschritte herüber. »Verbirgst du dein Angesicht, so erschrecken sie« – so lautet der Psalm – »du nimmst weg ihren Odem, so vergehen sie und werden wieder zu Staub. Du lässest aus deinen Odem, so werden sie geschaffen, und erneuerst die Gestalt der Erde. Die Ehre des Herrn ist ewig.«

Das Antlitz der Verstorbenen war ernst und majestätisch. Keine Regung auf der klaren, kalten Stirn, auf den fest verschlossenen Lippen. Sie war ganz Aufmerksamkeit. Aber verstand sie wenigstens jetzt diese erhabenen Worte?

IV

Einen Monat später erhob sich über dem Grabhügel der Entschlafenen eine steinerne Kapelle. Auf dem Grabe des Kutschers war noch immer kein Stein, und nur das hellgrüne Gras spross aus dem Hügel, das einzige Abzeichen eines vergangenen Menschendaseins.

»Du begehst eine Sünde, Serjoga«, sagte eines Tags die Köchin im Stationshaus, »wenn du dem Fjodor keinen Stein kaufst. Erst hast du gesagt, es ist Winter. Warum aber hältst du jetzt nicht dein Wort? Ich war dabei, wie du es versprochen hast. Er ist schon einmal zu dir gekommen, dich zu bitten. Kaufst du den Stein nicht, so kommt er noch einmal und würgt dich.«

»Was denn, weigere ich mich denn?«, antwortete Serjoga. »Ich kaufe einen Stein, wie ich versprochen habe, ich kaufe einen, für ein und einen halben Rubel kaufe ich einen, ich habe es nicht vergessen, aber ich muss ihn doch herbringen. Wenn es eine Gelegenheit in der Stadt gibt, dann kaufe ich ihn.«

»Wenn du ihm wenigstens ein Kreuz setzen würdest. Das wäre noch«, bemerkte ein alter Kutscher. »Aber das ist schlecht von dir. Seine Stiefel trägst du!«

»Wo aber soll ich ein Kreuz hernehmen? Aus dem Holzscheit kann ich doch keins schneiden!«

»Was du sagst, aus einem Holzscheit kannst du keins schneiden? Nimm die Axt, gehe am frühen Morgen in den Wald, da kannst du eins schneiden. Haust eine kleine Esche um, gleich hast du dein Kreuz. Sonst musst du dem Waldhüter noch ein Schnäpschen geben« ... »Für jede Lumperei kann man doch nicht Schnaps geben. Vor ein paar Tagen habe ich eine Waage zerbrochen, ich habe eine neue, sehr gute gezimmert. Kein Mensch hat ein Wörtchen gesagt.«

Am frühen Morgen, vor Tagesgrauen, nahm Serjoga die Axt und ging in den Wald.

Über der ganzen Natur lag der kalte, matte Schleier des noch immer fallenden, noch nicht von der Sonne beleuchteten Taues. Der Osten wurde allmählich hell und spiegelte sein schwaches Licht an dem von leichten Wolken umzogenen Himmelsgewölbe. Kein Gräslein am Boden, kein Blatt in den Wipfeln der Bäume regte sich. Nur selten unterbrach Flügelschlag im dichten Laubwerk oder Rascheln am Boden die Stille des Waldes. Plötzlich erklang ein sonderbarer, der Natur fremder Laut und erstarb am Saume des Waldes. Aber wieder wurde der Laut vernehmbar und erklang wiederholt gleichmäßig unten am Stamme eines der unbeweglichen Bäume. Ein Wipfel erbebte mächtig, seine saftigen Blätter flüsterten etwas, eine Grasmücke, die auf einem der Zweige saß, flog pfeifend zweimal auf, schüttelte ihren Schweif und setzte sich auf einen anderen Baum.

Dumpfer und dumpfer tönte die Axt, saftige, weiße Späne flogen auf das taufrische Gras, und ein leichtes Krachen wurde durch die Schläge vernehmbar. Der Baum erzitterte am ganzen Körper, neigte sich vor, richtete sich schnell auf und schwankte erschrocken im Wurzelwerk hin und her. Einen Augenblick verstummte alles, aber wieder neigte sich der Baum, ein Krachen in seinem Stamme ließ sich vernehmen, und, die Äste brechend und Zweige zerstörend, stürzte er mit dem Wipfel auf den feuchten Boden. Der Klang der Axt und die Schritte waren verstummt, die Grasmücke pfiff und flatterte in die Höhe. Der Zweig, den sie mit ihren Flügeln berührt hatte, schaukelte eine Weile, dann erstarb er wie die andern mit all seinen Blättern. Die Bäume trugen mit stolzerer Freude in dem neugewonnenen Raume ihre unbeweglichen Zweige.

Die ersten Strahlen der Sonne durchbrachen die lichter werdende Wolke und hüllten Erde und Himmel in Glanz. Ein Nebel ergoss sich wellenartig über die Talgründe. Der Tau spielte glitzernd im Grün, die durchsichtigen weißen Wölkchen zogen eiligen Laufes am blauen Firmament dahin. Die Vögel regten sich im Dickicht und zwitscherten mutwillig von Glück; die saftigen Blätter in den Baumkronen flüsterten freudig und friedlich, und die Zweige der lebendigen Bäume rauschten langsam, majestätisch über dem toten, entschwundenen Baume.

Das Gewitter

Die Sonne neigte sich zum Untergang und brannte mir Hals und Wangen unerträglich mit ihren schrägen glühenden Strahlen; die Ränder der Britschke waren so erhitzt, dass man sie nicht berühren konnte; dichter Staub erhob sich den Weg entlang und erfüllte die Luft. Nicht das leiseste Lüftchen wehte, um ihn fortzutragen. Vor uns schaukelte in gleichmäßiger Entfernung der hohe staubige Kasten der Kutsche auf seinen Federn; von Zeit zu Zeit sah man hinter ihm die Peitsche hervorblicken, die der Kutscher schwang, seinen Hut und Jakobs Mütze.

Ich wusste nicht, wo ich hinsollte, weder das vom Staub geschwärzte Gesicht Wolodjas, der neben mir eingeschlummert war, noch die Bewegungen von Philipps Rücken, noch der langgestreckte Schatten unserer Britschke, die im spitzen Winkel hinter uns herfuhr, boten mir Zerstreuung. Meine ganze Aufmerksamkeit war auf die Meilensteine gerichtet, die ich aus der Ferne beobachtete, und auf die Wolken, die vorhin am Firmament zerstreut waren und jetzt, in einen großen schwarzdunklen Knäuel geballt, unheilverkündend herabhingen. Von Zeit zu Zeit krachte in weiter Ferne ein Donnerschlag. Das war es, was mehr als alles meinen ungeduldigen Wunsch steigerte, sobald als möglich die Herberge zu erreichen. Das Gewitter jagte mir ein unaussprechlich drückendes Gefühl der Bangigkeit und Angst ein.

Zum nächsten Dorfe hatten wir etwa noch zehn Werst, und eine große dunkelblaue Gewitterwolke, die sich – man sah kaum, wie – gebildet hatte, kam, ohne dass der leiseste Wind sie trieb, eilends näher und näher. Die Sonne ist noch nicht von den Wolken bedeckt und erhellt ihre dunkle Gestalt und die grauen Streifen, die von ihr ausgehen und bis ans Ende des Gesichtskreises reichen, mit grellem Lichte. Von Zeit zu Zeit, in weiter Ferne, flammt ein Blitz auf, tönt ein schwaches Rollen, das steigend wächst, näher kommt, in abgebrochenes Geknatter übergeht und das ganze Himmelsgewölbe umfasst. Wassilij beugt sich über den Bock und stellt das Dach der Britschke auf, die Kutscher ziehen ihre Pelzröcke an und nehmen bei jedem Donnerschlage die Mützen ab und bekreuzigen sich. Die Pferde spitzen die Ohren, blähen die Nüstern auf, als wollten sie frische Luft einziehen, welche die herannahende Gewitterwolke ausströmt, und die Britschke fährt schneller den staubigen Weg dahin. Mir wird beklommen ums Herz, und ich fühle, wie das Blut rascher in meinen Adern kreist. Schon beginnen die vorderen Wolken die Sonne zu verdecken, zum letzten Mal hat sie hervorgeblickt, hat die grausig düstere Seite des Horizonts bestrahlt und ist verschwunden. Die ganze Gegend verändert sich plötzlich und nimmt einen düsteren Charakter an. Das Eschenwäldchen erbebt; das Laub nimmt eine schmutzig-graue Farbe an, die sich grell von dem bläulichen Hintergrund der Wetterwolke abhebt, es rauscht und flattert; die Wipfel der großen Birken wiegen sich hin und her, und Häufchen trockenen Grases fliegen über den Weg. Uferschwalben und weißbrüstige Erdschwalben umflattern in Scharen unsere Britschke, als wollten sie uns zum Halten bewegen, und fliegen unter der Brust der Pferde hindurch; Dohlen durchschneiden mit ihren gespreizten Flügeln schräg die Luft; die Ränder der Lederdecke, die wir festgeknöpft hatten, heben sich, lassen den Zug der feuchten Luft zu uns ein und schlagen, vom Wind getrieben, an den Wagenkasten. Der Blitz flammt auf, als wäre er in unserer Britschke, blendet das Gesicht und erhellt auf einen Augenblick das graue Tuch, die Polster und die in die Ecke geduckte Gestalt Wolodjas. In diesem Augenblick dröhnt unmittelbar über unseren Häupten ein mächtiger Donnerschlag, als stiege er immer höher und höher, immer weiter und weiter, eine ungeheure Spirallinie, und wachse steigend;

dann geht er in ein betäubendes Krachen über, das unwillkürlich zwingt, zu erzittern und den Atem anzuhalten. Der Zorn Gottes! Wie viel Poesie liegt in dieser Vorstellung des Volks!

Die Räder rollen schneller und schneller hin; an den Rücken Wassilijs und Philipps, der ungeduldig die Zügel schwenkt, erkenne ich, dass auch sie sich fürchten. Die Britschke fährt schnell den Berg hinan und poltert über die Holzbrücke; ich fürchte mich, eine Bewegung zu machen, und von Minute zu Minute erwarte ich unser aller Untergang.

Brr! reißt das Strangholz los, und wir müssen ungeachtet der ununterbrochenen betäubenden Donnerschläge auf der Brücke halten.

Ich habe den Kopf an den Rand der Britschke gelehnt und folge mit atemloser Herzbeklemmung ohne Hoffnung jeder Bewegung der dicken schwarzen Finger Philipps, welcher langsam eine Schlinge knüpft und die Riemen anzieht, indem er das Seitenpferd mit der flachen Hand und der Peitsche beiseitestößt.

Die unruhigen Gefühle der Angst und Bangigkeit wachsen in meinem Innern mit dem Anwachsen des Gewitters. Da aber der majestätische Augenblick der Totenstille kam, die der Entfesselung des Gewitters vorauszugehen pflegt, erreichten diese Gefühle einen solchen Grad, dass ich, wenn dieser Zustand noch eine Viertelstunde gedauert hätte, wie ich überzeugt bin, vor Erregung gestorben wäre. Gerade zu dieser Zeit erscheint plötzlich unter der Brücke in einem schmutzigen, zerfetzten Hemd ein menschliches Wesen mit einem aufgedunsenen, blöden Gesicht, mit einem wackelnden, unbedeckten, geschorenen Kopf, mit schiefen muskellosen Beinen und mit einem roten, glänzenden Stumpf statt einer Hand, den er gerade in die Britschke hineinstreckt.

»Lie-ie-ber Herr! Einem A-ar-men, in Christi Na-men«, klingt eine schwächliche Stimme, und der Bettler bekreuzigt sich und beugt sich bei jedem Wort bis zur Erde.

Ich kann die Empfindung des eiskalten Entsetzens, das meine Seele in diesem Augenblick erfasste, nicht beschreiben. Ein Schauer lief über meine Haare, und meine Augen waren mit dem leeren Blick der Angst starr auf den Bettler geheftet …

Wassilij, der unterwegs die Almosen zu verteilen pflegt, gibt Philipp seine Anweisungen zur Beseitigung des Strangholzes, und erst, da schon alles fertig ist und Philipp die Zügel zusammenfasst und auf den Bock kriecht, holt er etwas aus der Seitentasche hervor. Kaum aber haben wir uns in Bewegung gesetzt, als ein augenblendender Blitz, der auf eine Sekunde die ganze Schlucht mit einem Feuerschein erleuchtet und welchem ohne die geringste Zwischenzeit ein so betäubendes Donnerkrachen folgt, dass die ganze Himmelswölbung über uns zusammmenzustürzen scheint, die Pferde stillzustehen zwingt. Der Sturm wird noch stärker: Die Mähnen und die Schwänze der Pferde, Wassilijs Kutschermantel und die Ränder des Wagenleders nehmen dieselbe Richtung an und flattern verzweifelt, von dem ungeheuren Sturm hin und her getrieben. Auf das Lederdach der Britschke fiel schwerfällig ein dicker Regentropfen … ein zweiter, ein dritter, ein vierter, und plötzlich war es, als trommelte jemand über unseren Häuptern, und die ganze Umgegend schallte wider von dem gleichmäßigen Rauschen des herabstürzenden Regens. An den Bewegungen von Wassilijs Ellenbogen bemerke ich, dass er seinen Geldbeutel aufbindet; der Bettler, der nicht aufhört, sich zu bekreuzigen und sich zu verbeugen, läuft neben den Rädern einher, so dass sie ihn unversehens hätten überfahren können. »In Christi Namen, liebster Herr.« Endlich fliegt die Kupfermünze an uns vorüber, und das beklagenswerte Geschöpf in dem groben Kittel, der seine hageren Glieder umschließt und durch und durch vom Regen durchweicht ist, wird vom Wind hin und her geworfen – und bleibt wie bewusstlos mitten auf dem Wege stehen und entschwindet meinen Blicken.

Der schräg herabfallende Regen goss, von einem starken Winde getrieben, in Strömen; von dem Friesrücken Wassilijs flossen Bäche in die Pfütze trüben Wassers, die sich auf der Wagendecke gebildete hatte. Der zu Kügelchen geballte Staub vewandelte sich in dichten Schmutz, den die Räder kneteten, die Stöße wurden schwächer, und in den lehmigen Spuren flossen schmutzige Wasserflüsschen. Der Blitz leuchtete breiter und blasser, und das Krachen der Donnerschläge war nicht mehr so erschütternd bei dem gleichmäßigen Rauschen des Regens.

Aber der Regen wird schwächer; die Wetterwolke beginnt sich zu zerteilen in wellenartige Wölkchen, es schimmert leuchtend an der Stelle, wo die Sonne sein sollte, und durch die weißgrauen Ränder der Wetterwolke wird kaum merklich ein Streifen hellen, blauen Himmels sichtbar. Eine Minute später glänzt schon ein zaghafter Sonnenstrahl in den Pfützen der Straße durch die Linien des dünnen wie durch ein Sieb senkrecht fallenden Regens und auf dem gebadeten glänzenden Grün des Grases am Wege. Die schwarze Wetterwolke lagert drohend wie vorher an der entgegengesetzen Seite des Himmelsgewölbes, aber ich fürchte sie nicht mehr. Ein unsagbar wonniges Gefühl der Lebenshoffnung erfüllt mich, das die bedrückende Empfindung der Angst schnell ablöst. Meine Seele lacht wie die erfrischte, freudig aufatmende Natur. Wassilij schlägt den Kragen seines Mantels zurück, nimmt seine Mütze herunter und schüttelt sie ab; Wolodja legt die Wagendecke zurück; ich stecke den Kopf zur Britschke heraus und sauge gierig die erfrischte, duftige Luft ein. Der glänzende, rein gewaschene Kutschkasten mit den Kistennetzen und Koffern schaukelt vor uns; die Rücken der Pferde, das Geschirr, die Zügel, die Eisenreifen – alles leuchtet im feuchten Schimmer wie mit Firnis überzogen. Auf der einen Seite des Wegs zieht sich ein unabsehbares Winterfeld hin, hie und da von flachen Tälern durchschnitten, es glänzt von feuchtem Boden und Rasen und breitet sich wie ein dunkler Teppich bis ans Ende des Gesichtskreises; von der anderen Seite steht ein Eschenwäldchen, von Ruß- und Faulbäumen unterwachsen, wie im Überschwang des Glücks, es rührt sich nicht und weint langsam helle Regentropfen von seinen frischgebadeten Zweigen auf das trockene vorjährige Laub herab. Von allen Seiten kreisen die geschopften Lerchen mit lustigem Lied und schießen schnell hernieder; in den feuchten Sträuchern vernimmt man die geschäftige Bewegung der kleinen Vögelchen, und aus der Tiefe des Wäldchens klingen hell die Rufe des Kuckucks. So berauschend ist der wundersame Duft des Waldes nach dem Frühlingsgewitter, der Duft der Fichte, des Veilchens, des welken Laubs, der Morcheln, des Faulbaums, dass es mich im Wagen nicht mehr duldet, ich springe vom Fußtritt, eile in die Sträucher, und unbekümmert darum, dass er mich mit Regentropfen überschüttet, pflücke ich die feuchten Zweige des aufgegangenen Faulbaumes, schlage mit ihnen mein Gesicht und sauge ihren wundervollen Duft ein. Ohne selbst darauf zu achten, dass an meinen Stiefeln große Schmutzklumpen kleben und meine Strümpfe schon lange durchnässt sind, eile ich durch den Schmutz watend auf das Fenster der Kutsche zu.

»Ljubotschka! Katinka!«, rufe ich und reiche einige Faulbaumzweige hinein – »sieh, wie schön!«

Die Mädchen quietschen, kreischen; Mimi schreit, ich solle fortgehen, sonst überfahren sie mich bestimmt.

»Riech' doch, wie es duftet!« rufe ich.

Quellenverweise

Rilke und Rußland. Briefe – Erinnerungen – Gedichte, hg. Konstantin Asadowski, 1986, S. 157–161 (45. Rilke an Sofja N. Schill – Tula, am 20. Mai [2. Juni] 1900) Insel Verlag Frankfurt a. M. 1986/Aufbau-Verlag Berlin und Weimar 1986

Leo N. Tolstoj, Sämtliche Werke, von dem Verfasser genehmigte Ausgabe von Raphael Löwenfeld, 33 Bände, in drei Serien, 1901–1911; III.
Serie: Dichterische Schriften, 1901ff., 3. Auflage
Verlag Eugen Diederichs Leipzig

Bildnachweis

S. 18/19 Wassily Kandinsky, Komposition IV, 1911
Peter Willi/ARTOTHEK
© VG Bild-Kunst, Bonn 2009"

S. 34/35 Wassily Kandinsky, Improvisation 26 (Rudern), 1912
Blauel/Gnamm/ARTOTHEK
© VG Bild-Kunst, Bonn 2009"

S. 48/49 Wassily Kandinsky, Fuga (Fugue), 1914,
Öl auf Leinwand, 129,5 x 129,5 cm,
Fondation Beyeler, Riehen/Basel
Foto: Robert Bayer, Basel
© VG Bild-Kunst, Bonn 2009"

S. 66/67 Wassily Kandinsky, Improvisation 13,
akg-images GmbH
© VG Bild-Kunst, Bonn 2009"

S. 90/91 Wassily Kandinsky, Improvisation 19, 1911
Blauel/Gnamm/ARTOTHEK
© VG Bild-Kunst, Bonn 2009"

S. 104/105 Wassily Kandinsky, Sintflut und letztes Gericht, 1913
© VG Bild-Kunst, Bonn 2009"

Titel Wassily Kandinsky, Sturm, 1907
© VG Bild-Kunst, Bonn 2009"